STELA MARIS REZENDE

Ilustrações
CÉLIA KOFUJI

Acervo Básico 2001 da FNLIJ
Selecionado para o PNLD/SP 2003
e para o Salão Capixaba — ES

2ª edição
4ª tiragem
2009
Conforme a nova ortog

R. Henrique Schaumann, 270
CEP 05413-010 – Pinheiros – São Paulo-SP
Tel.: PABX (0**11) 3613-3000
Fax: (0**11) 3611-3308
Televendas: (0**11) 3616-3666
Fax Vendas: (0**11) 3611-3268
Atendimento ao Professor:
(11) 3613-3030 Grande São Paulo
0800-0117875 Demais localidades
Endereço Internet: www.editorasaraiva.com.br
E-mail: atendprof.didatico@editorasaraiva.com.br

Revendedores Autorizados

Aracaju: (0**79) 3211-8266/3211-6981/3213-7736
Bauru: (0**14) 3234-5643/3234-7401
Belém: (0**91) 3222-9034/3224-9038/3241-0499
Belo Horizonte: (0**31) 3429-8300/3429-8310
Brasília: (0**61) 3344-2920/3344-2951/3344-1709
Campinas: (0**19) 3243-8004/3243-8259
Campo Grande: (0**67) 3382-3682/3382-0112
Cuiabá: (0**65) 3901-8088/3901-8087/3901-8089
Curitiba: (0**41) 3332-4894
Florianópolis: (0**48) 3244-2748/3248-6796
Fortaleza: (0**85) 3307-2350/3307-2356/3238-1331
Goiânia: (0**62) 3225-2882/3212-2806/3224-3016
Imperatriz: (0**99) 3525-2913
João Pessoa: (0**83) 3241-7085/3222-4803
Londrina: (0**43) 3322-1777
Macapá: (0**96) 3223-0706/3223-0715
Maceió: (0**82) 3221-0825
Manaus: (0**92) 3633-4227/3633-4782
Natal: (0**84) 3611-0627/3211-0790/3222-1158
Porto Alegre: (0**51) 3371-4001/3371-1467/
3371-1567
Porto Velho: (0**69) 3223-2383/3221-2915/3221-0019
Recife: (0**81) 3421-4246/3421-4510
Ribeirão Preto: (0**16) 3610-5843/3610-8284
Rio Branco: (0**68) 3224-3125/3224-7094/3224-3432
Rio de Janeiro: (0**21) 2577-9494/2577-8867/
2577-9565
Salvador: (0**71) 3381-5854/3381-5895/3381-0959
Santarém: (0**93) 3523-6016/3523-5055
São José do Rio Preto: (0**17) 3227-3819
3227-0982/3227-5249
São José dos Campos: (0**12) 3921-0732
São Luís: (0**98) 3243-0353
Serra: (0**27) 3204-7474/3204-7483
Teresina: (0**86) 3221-3998/3226-1956/3226-1125
Uberlândia: (0**34) 3213-5158/3213-6555/3213-4966

Copyright © Stela Maris Rezende, 2001

Editor: ROGÉRIO GASTALDO
Assistentes editoriais: ELAINE CRISTINA DEL NERO
VALÉRIA FRANCO JACINTHO
Secretária editorial: ROSILAINE REIS DA SILVA
Suplemento de trabalho: JANAINA VIEIRA
Coordenação de revisão: PEDRO CUNHA JR. E
LILIAN SEMENICHIN
Gerência de arte: NAIR DE MEDEIROS BARBOSA
Supervisão de arte: VAGNER CASTRO DOS SANTOS
Finalização de capa: ANTONIO ROBERTO BRESSAN
Projeto gráfico e diagramação: HAMILTON OLIVIERI

Dados Internacionais de Catalogação na Publicação (CIP)
(Câmara Brasileira do Livro, SP, Brasil)

Rezende, Stela Maris,
  Matéria de delicadeza / Stela Maris Rezende ; ilustrações de Célia Kofuji. — São Paulo : Saraiva, 2001. — (Coleção Jabuti)

  ISBN 978-85-02-03624-6 (aluno)
  ISBN 978-85-02-03623-9 (professor)

  1. Contos — Literatura infantojuvenil I. Kofuji, Célia. II. Título. III. Série.

01-4479	CDD-028.5

Índices para catálogo sistemático:
1. Contos: Literatura infantojuvenil 028.5
2. Contos: Literatura juvenil 028.5

Todos os direitos reservados à Editora Saraiva

Cherma Impressão e Acabamento

Para Maria da Conceição Moreira Salles.

Sumário

PRIMEIRA PARTE

Limites e deslimites

As cigarras	9
Território livre	15
Hora da janta	19
Estudos para violino e cítara	23
O mistério dos cisnes	28

SEGUNDA PARTE

Segundas intenções

A canção perfeita	39
Fulana, Sicrana e Beltrana	45
O estudo a dois	52

TERCEIRA PARTE

Coragens e mudanças

Torre com meninos e pipas	65
O brinquinho de ouro	72
Condomínio fechado	84
Expulso de casa	93
Guia prático para pirar com os jovens	103

Primeira Parte

Limites
e
Deslimites

As Cigarras

1

Vamos bagunçar o quarto? Começa pela cama. Deixa lençol, travesseiro, cobertor, tudo embolado. E mastiga biscoito. O chão vai ficando cheio de farelo de biscoito.

2

Podia assobiar, rir, rir, todo bobo-alegre. Mas prefere não fingir. Senta-se na beirada da cama. E diz em voz baixa, com um gosto de biscoito ruim, sem sal, sem doce: sou um infeliz.

Já o feliz do Fabrício, ah que ódio, ontem ele viu o feliz do Fabrício beijando a Vandinha.

— Sou um infeliz.

Repete agora em voz alta, termina de comer biscoito, prestando atenção nas cigarras. Sempre cantam, de agosto a outubro. As cigarras.

3

A lembrança também é um canto insistente? Desde aquela vez, a maldita vez em que viu a Vandinha penteando o cabelo de frente pro espelho do banheiro das meninas; hora do recreio, ele saía do banheiro dos meninos, espichou os olhos pra porta escancarada do banheiro das meninas, aproveitou pra ver se via alguma coisa interessante.

Estava só ela, de frente pro espelho; todas as outras já corriam no pátio, estabanadas.

4

Encostado de lado, pôde observar o tanto que quis. Vandinha desembaraçava o cabelo comprido, bem devagar, com os dedos, com o pente, com o vento que fazia sacudindo o cabelo. Ele trêmulo. Ele infeliz. A partir daquele dia, infeliz pra sempre? Pra sempre Vandinha pentearia o cabelo ali diante do espelho do banheiro das meninas. Pra sempre, no coração dele, bem devagar, diante do medo dele, Vandinha o embaraçaria na solidão?

5

Observou o cabelo comprido, o pente no vento, os dedos, bem devagar. Alguma coisa o prendia, amassando-o na ardósia enceradinha do corredor do colégio. Alguma coisa o apertava numa porta.

6

Num momento, Vandinha o viu. Pelo espelho, Vandinha o viu. Mas fingiu que não via outra coisa a não ser o cabelo comprido. Comprido dia começava? Então Vandinha caprichou no penteado, jogou o cabelo de um lado pro outro, sacudiu; ficou se contemplando.

O desejo de entrar e beijá-la veio forte. Mas ele, sempre tímido, ficou ali apenas tremendo. E ela esperou que ele entrasse?

7

Podia ter fingido que errava de banheiro:
— Epa, desculpa...
Vandinha se viraria pra ele, sorrindo:
— Quanta distração, hem?!...
Ele faria um gesto de sair depressa, girando o calcanhar. Mas Vandinha:
— Me ajuda a desembaraçar o cabelo?

8

Assustado com o convite. Mas entendendo que ali diante do espelho se encontrava a primeira namorada. *Vamos ver o grande cabeleireiro**, disse Vandinha Capitolina, com as *espáduas vestidas de chita**. E ele Décio Bentinho:
— Posso mesmo?
— Pode sim, seu bobo. Que que tem?
Ele ficaria pensando: que que tem, que que tem. E pegaria o pente, respirando desatinado.
— Está todo mundo no pátio.
Ela argumentaria, fitando-lhe a aflição dos olhos através do espelho.

— Seu nome é Décio, não é?
— Isso mesmo. E o seu é Vandinha.
— Sempre te vejo por aí com um livro do Machado de Assis...
— É o meu autor preferido.
— Adivinha qual é o meu.
— Deixa ver se eu adivinho...

Diria disfarçando, claro que sabe faz séculos o nome do autor preferido de Capitolina Vandinha. Ele vive observando Vandinha Capitolina na aula, no recreio, na cantina, na 406 Sul, no Parque da Cidade, no estacionamento da Torre de TV, na Rua de Matacavalos, no Engenho Novo, no Passeio Público.

9

— *Catar feijão se limita com escrever:*
joga-se os grãos na água do alguidar
e as palavras na da folha de papel;
e depois, joga-se fora o que boiar.**

Vandinha declamaria, tomando-lhe das mãos o pente parado no ar, Nossa, tomara que este recreio não acabe nunca.

— João Cabral, eu sabia... O seu gosto também é refinado, hem?

Diria bem sério, enquanto ergueria o rosto. E Vandinha, mais alta, lentamente inclinaria o dela. Os dois se olhariam bem de perto. O pente caindo na pedra da pia.

10

Decerto o espelho os mostraria de perfil. De frente, insistiriam em se ver. Depois, com os olhos fechados, os dois se beijariam na boca. Não acaba, recreio, não acaba.

Aos poucos, os lábios se afastariam, ainda quentes, contraídos, abotoados em querer mais um beijo. *Sou homem**, diria Bentinho Décio, depois desse primeiro beijo em Capitolina Vandinha.

— Décio, Décio...

Ela deveria dizer, com o semblante langoroso. Mas repete outro nome. A quem não pertence tal nome?

11

Derreou a cabeça, estupefato. Não tivera coragem de falar, de fazer nada, fugira, perdera uma senhora oportunidade de ganhar a Vandinha, quem mandou ser tímido desse jeito; os passos pesados e tristes na ardósia enceradinha do corredor do colégio.

— Sou um infeliz.

Torna a repetir. Ontem viu os dois, ah que ódio ter que dizer os dois, o Fabrício beijando a Vandinha, os dois no pátio, detrás da sibipiruna. Ele ficou olhando de longe.

12

Hoje, no quarto, pode virar cambalhotas. Pode ligar o rádio, se quiser. E dançar e cantar bem alto. Mas prefere ficar sentado na beirada da cama. E continua armando. Por desaforo, e também por medida de segurança, vai continuar bagunçando o quarto. Precisa garantir a mãe nervosa, andando pra lá pra cá, a mãe decifra o enigma dos enigmas: sabe, Julita, eu tenho que ter paciência, o Décio está entrando naquela fase que Deus me perdoe, é um tal de deixar o quarto um baixeiro, uma zona, é pra ele se afirmar, sabe?

Pra ele se afirmar, olha aí o guarda-roupa. Que tal espalhar as camisas no chão, enchê-las de farelo de biscoito. Vamos lá? Ele se convida, subitamente começando a rir. Um riso que não finge nada; não precisa.

Ninguém é infeliz pra sempre.

E lembra: *há em cada adolescente um mundo encoberto, um almirante e um sol de outubro**. Continua rindo. Enquanto procura prestar mais atenção nas cigarras. Sempre cantam, de agosto a outubro.

* Machado de Assis, *Dom Casmurro*.
** João Cabral de Melo Neto, "Catar feijão", *Poesias completas*.

Território Livre

1

Fiapos de nuvem. Ou retalhos de um lençol branco que dói? A certeza é que voam, todo julho, todo agosto. Voam atrevidas, quem dera pousassem no ombro da gente, a gente assim parada pra ver as horas, estica o braço e olha o relógio, e, Nossa, nem acredito, olha uma garça no meu ombro, depois foge, continua voando, asas de susto chapiscando de branco o azul do horizonte em linha reta, no cerrado torto, no galho torto, no cerradal.

— Acho melhor a gente terminar.

Levou quem trouxe. Quem receitou esse remédio?

2

Incontáveis. E aparecem sem mais nem menos, todo julho, todo agosto, no Lago do Jardim Zoológico. Fazem o dia, a noite, a vida, a insistência toda da vida, o largo do jardim inteiro de asas.

Cada uma é a volta repetida de outra. Todas muito iguais. E diferentes diversas. E lindas, cada uma mais alvalinda do que a outra. Quando pousam nas pedras. Quando pousam nas árvores. Quando pousam nas cercas.

Sabem estatuar. Escolhem tremer. E cada uma é nenhuma, enquanto procura as plumas de outra quem sabe de si.

3

E todas dardejam o meu gesto disfarce. E então se afastam, ríspidas, mas apenas brincando de odiar.

— O nosso namoro não tem nada a ver.

A explicação amarga. Fel puro. Eu sei quem deu a receita.

— Como assim o nosso namoro não tem nada a ver?

Ainda perguntei, abobalhada, com o coração preso.

E a confirmação do Rubem:

— Não tem nada a ver, isso diz tudo. Não preciso explicar mais nada, não acha?

Acho as garças. Lindas, clarimuitas. Todo julho, todo agosto. Sempre acho as garças. Até no vazio de um elevador. Eu subindo, subindo, vou até o último andar de um prédio do Setor Comercial Sul. De lá de cimalto, jogo papéis invisíveis, todo fim de ano. Com isso eu quero dizer: feliz ano-novo. Embora eu nem diga. Esqueço o ano-novo. Fico só pensando nas garças, no coração livre. Ou essa é outra forma de dizer feliz ano-novo?

4

Ando confusa. Desvalida. Um nojo. Meu pai e minha mãe devem custar a me aguentar por perto. E tudo começou com a decisão:
— Acho melhor a gente terminar.
Precisava ser tão elucidativo?

5

Resolvi então conversar com os retalhos de lençol branco que dói. Com os fiapos de nuvem. Embora já seja outubro. Converso desenhando, sozinha no meu quarto, território livre. Tenho uma boa caixa de lápis de cor, presente de amigo oculto.
Vou indo de branco, vou indo de azul, um pouco de marrom e verde pra não perder o caminho.
— Vem lanchar, Ana Elisa.
O convite. Quem oferece esse doce?
O rosto aparece na porta, cabelo penteadinho pra detrás das orelhas, dois brincos de argola, não param de brilhar, os brincos, os olhos, os brincos, os olhos da minha mãe:
— Fiz sanduíche de queijo derretido...
— Já estou indo, mãe.

6

Vou dizer já estou indo mais quatro ou cinco vezes, já estou indo, já estou indo, até a minha mãe se irritar lá na cozinha: para com esse negócio de já estou indo e vem logo, menina, o queijo está esfriando, viu, ô menina enrolada, nunca vi.

7

Desenho mais um pouco. Até filigrana de palavras voos. Nem estou com muita fome. A minha mãe é que se preocupa demais, Nossa, deve ser muito desgastante ser mãe. Tem que chamar pra lanchar, pra dar descarga no vaso, pra lavar o tênis, pra ajudar a guardar as compras, pra arrumar as gavetas, chamar pra arrumar as gavetas é o fim, deve estressar demais, deve dar câncer.

8

Já é fim de outubro. Mas eu continuo ainda toda julho, toda agosto, toda a gosto? Desenho com a ira, com a petulância, com a vontade barulhenta de rir, a minha mãe no telefone ontem: já conformei, dona Glaucinda, a minha filha é a minha cruz.

De vez em quando, pouso nas cercas, nas árvores, nas pedras. E continuo. Acho melhor a gente continuar. A gente garças, papéis invisíveis. E um coração que plana, ganha força, velocidade, vai.

Quero os papéis principais.

Sou a doida, a desobediente, a instável, a que foge sem explicar, a que entra na sala atraindo toda a atenção. Mesmo sozinha no meu quarto. Reverbero a lança das árvores, o grito das pedras, a rebeldia das cercas. Porque não me entrego. Não me rendo aos comandos estanques. Quero saber a razão e a sensibilidade. Não me deixo perder.

Hora da Janta

1
Hora sagrada de reunir a família, ó que bela família; hora de a mãe olhar com meneios de baronesa, de o pai conferir sua alteza, os irmãos na chatura de implicância; é chegada a hora da janta, pela remissão dos pecados, vem da cozinha uma travessa de alface, tomate, cebola e rúcula, depois, Deus seja louvado, vem macarrão, vai querer um suco de manga?
Agora não.

2
O pai enche o prato de folha.
— Bruno, vai lavar as mãos primeiro, vai!

A mãe quase grita, baronesa de maus modos, eta lasca.

Simone observa Daniel e Pedro. Um cutuca o outro, quase derrubam no ladrilho da copa uma jarra de suco de manga.

3

Simone enche o prato de macarrão. E se serve do prato de que mais gosta: Pedro dá ordens pra família inteira, ó família sem eira, Pedro diz assim: de hoje em diante, todo mundo desta casa vai virar coisa.

Coisa.

Um móvel da casa. Móvel, porque a gente pode tirar dum lugar e colocar noutro, como bem quiser.

4

Bruno vai e continua: comecemos pelo pai. Poltrona. Devia ser poltrão, mas será poltrona, o pai adora aquela poltrona da sala, o pai vive afundando naquela poltrona da sala, então o pai agora é uma poltrona espichada no meio da sala, de frente pra janela, conforma com isso, pai, você não manda nada na hora da janta.

Daniel: a mãe é espelho. O espelho do console, sempre ali perto da porta de entrada, a mãe dá as boas-vindas mostrando com toda a clareza o rosto de quem entra, como vai, vou indo. E vai, foi, console sem consolo no espelho, reflete angústia.

5

Então Simone vê a um canto da área de serviço este vaso quebrado, Daniel: a gente pode pegar e jogar no lixo. No quartinho de empregada uma caixa de papelão entortada, Pedro: a gente guarda pra nada, tem hora a gente gosta de guardar coisa pra nada; hora da janta faz a gente ficar mais bobo do que já é. E Bruno decerto é torneira enguiçada; pára, Bruno.

6
Simone termina o primeiro prato.
— Quer repetir?
O espelho do console pergunta, já sabendo a resposta.
— Minha filha já está meio gordinha...
Diz a poltrona, pronta pra acomodá-la nos braços, se quiser.

7
Simone aperta a torneira enguiçada. Depois, sacode a caixa de papelão. O vaso quebrado pode ficar na área de serviço, por um acaso na área de serviço o vaso quebrado queira continuar a ficar, vai, continua, chouriço com feitiço, tudo tem o seu serviço.
— Adoro a hora da janta... É tão bom ficarmos assim juntos...
Voz de poltrona derramada, largona, ocupa espaço demais.
— Eu também adoro. Os nossos filhos é que parece que ficam meio endiabrados todo dia essa hora, olha.
Poltrona não olha, apenas se conforma. Espelho do console insiste em olhar.

8
Simone vai e planta uma orquídea no vaso quebrado. Enfeita com papel de seda a caixa de papelão. Conserta a torneira enguiçada. Olha pra Simone. Ri pra Simone, servida de si pra si. Aceita? Ser vida. Simone xicrinha de louça, ávida de chá e sonhos. Sonhos passados em

açúcar e canela. Sonhos com recheio de doce de leite. E outros tantos ninguém nunca vai saber quantos saborosos sonhos.

Estudos para Violino e Cítara

1

Tirou o paletó de veludo cotelê, deixando-o dobradinho sobre a cama. Saiu de costas pra porta, devagar, atento ao paletó; fazendo questão de constatar, de exato estava bem dobradinho, bem dobradinho, o paletó. De veludo cotelê.

Daí então foi pra sala. Na mesa de vidro, dois pratos de louça portuguesa. Conferiu talheres, copos, taças, guardanapos. Devo pôr no centro uma floreira de margaridas brancas?

Foi à cozinha.

— Delci, tudo pronto?

— Tudo pronto.
Alessandro voltou pra sala, tudo pronto, tudo pronto.

2

Averiguou cada detalhe da mesa, tudo pronto. Observou a cristaleira, o console, o aparador, a mesinha com o som, as cadeiras de junco, a poltrona de tecido matizado de verde e azul. Tudo pronto.

3

Logo, Carina entrará por aquela porta. Com um conjuntinho de saia e casaquinho da mesma cor? Talvez com um vestido tubinho. O cabelo estará solto? Alessandro arqueia o braço, encolhendo a manga da camisa, pra ver as horas. Tomara que não se atrase muito. Com um colar? Uma pulseira de seis arcos? Talvez uma gargantilha delicada, de fio de couro preto e pingente de prata.

4

Tudo pronto. Alessandro se aproxima da mesinha, liga o som, põe um cedê pra tocar. O cabelo estará preso num coque discreto, estiradinho pra trás, Carina talvez queira dar destaque ao rosto bem delineado. Gostará da lasanha com ricota? A Delci caprichou.

5

Deveria ter comprado velas, um candelabro; Carina tem silêncios de fazer questão de um jantar romântico. A ausência de candelabro, de velas, estragará tudo essa ausência; porque uma ausência retira da gavetinha da cômoda as doze abotoaduras, os oito pares de meias, as vinte e três fotos do piquenique em Corumbá. Retira e mistura com cinza de carvão. E vai esconde detrás do saco de ração para cães. E ele teria que saber o nome da ração, a lista dos nutrientes, tudo isso sem tomar leite gelado. Ele que adora leite gelado. Um detalhe importante. Erra sempre num detalhe. Tem sempre um detalhe que diminui o cuidado de um jantar de primeira vez que a namorada vem.

6

Nem tudo está pronto. Devo ter esquecido o principal, Carina, Carina, o que é o principal da namorada que vem pela primeira vez? O principal deve ser o jeito como eu prendo o cinto sob as alças do cós da calça. Ou os sapatos pretos que eu calcei. Ou a cortina entreaberta. Ou o desenho estranho num pote antigo, o pote fica sempre no guarda-louça, no canto direito da terceira prateleira contando de baixo pra cima, um pote de barro, lá na cozinha, no guarda-louça, um pote de barro, com um desenho estranho, lembrança da minha tia de São Gonçalo do Abaeté. Mas olha, minha tia de São Gonçalo do Abaeté, que detalhe importante. E depois desta noite, de que outros detalhes terei que cuidar?

7

Alessandro ajeita a gola da camisa, enquanto procura o principal; o que é o principal, que coisa, Alessandro agora diante do espelho do console. Lembra da mãe e do pai saindo, a voz brincalhona da mãe:

— Combina tudo com a Delci, a Delci cozinha que é um primor, vê se recebe a moça direitinho. Mas escuta, Alessandro, receber direitinho não é ficar cerimonioso, não é só pensar em detalhe sem muita importância, por causa disso a gente prefere sair e deixar você mais à vontade com a Sabrina.

— Que Sabrina. É Carina.
— Com a Carina, pois é.
— Primeira vez que a Carina vem aqui em casa. Não seria melhor vocês dois estarem presentes? Estou com medo da Carina achar vocês dois dois desgovernados.
— Nós somos dois desgovernados, viu, Alessandro? É uma pena você também não ser nem um pouquinho desgovernado...
A mãe rindo e abraçando o pai, saíram, Alessandro ficou torcendo as mãos uma na outra.

8

Ouve a campainha tocar. Vai abrir a porta, vê se recebe a moça direitinho, subitamente afobado, só agora atinando com um detalhe muito importante. Coloquei pra tocar a minha música preferida, estudos para violino e cítara, mas esqueci o nome do autor, como é que eu posso ter esquecido o nome do autor, meu Deus, tenho que abrir a porta, a Carina vai perguntar o nome do autor, a Carina vai achar esquisito eu dizer olha aí a minha música preferida, que música é esta, estudos para violino e cítara, de quem, qual é o nome do autor, e eu vou dizer esqueci, esqueci o nome do autor, porque de fato eu esqueci o nome do autor, nervoso demais, eu sempre fico nervoso, tudo pronto, estou abrindo a porta, eu podia demorar a abrir a porta, pegar a capa do cedê e ver o nome, não dou conta de demorar a abrir a porta, estou abrindo a porta, não vou dizer que é a minha música preferida, não vou dar conta de não dizer que é a minha música preferida, tudo pronto, vou estragar tudo. O principal era eu saber o nome do autor da minha música preferida. Quer dizer, o principal é **ter uma música preferida**. Daí eu inventei estudos para violino e cítara, mas qual será o nome do autor?

Vou estragar tudo. Detalhe importante: vou perder mais uma namorada.

O Mistério dos Cisnes

1

Grasna? Pipia? Ou sofridamente rosna, querendo apenas morrer? De súbito, quando menos espera. Quando ansioso, então, certeza, cacareja um pouco.

A mãe e o pai fingem que está tudo normal, nem tocam no assunto; continuam a vida de meu bem, como foram as coisas hoje aqui em casa? Tudo em ordem, querido. Quer dizer, tivemos uma dor de cabeça com o registro do banheiro do quarto de empregada, você sabe que aquele banheiro está um caos. Eu chamei o Olavo, ele cobrou caríssimo, mas resolveu por ora a dor de cabeça. Disse que a gente não deve adiar por muito mais tempo a reforma da parte hidráulica da casa, ô Cristo. O pai vai direto pro quarto, tira meias, sapatos, sempre dizendo: casa é igual a gente, pede reforma o tempo todo.

2

Bem mais tarde, quando o pai o acompanhasse num suco de cenoura e laranja, evitaria conversar, adiando o rosnado, o pipio, a grasnação. No entanto, o pai, sempre falante, inventaria assunto, provocando-o: e aí, filhão, tudo bem no colégio? E as namoradas? Vontade de sumir. De não ter que responder. Ainda mais essa história de namoradas. Grasnando, pipiando, rosnando, arranjaria ele alguma namorada? O pai certamente ria dele, ria por dentro, disfarçando. Com toda a certeza, queria dizer: não tem outro jeito, meu filho, você está mudando a voz. E é assim mesmo, viu? Por causa disso, esqueça as namoradas. Apague as namoradas. Tem que esperar o tempo passar, não tem outro jeito.

Esperar o tempo passar. Difícil.

3

Difícil. Vai daí José Alberto foge, esconde-se do pai e da mãe. Esconde-se dos colegas. Principalmente das meninas. Só fala o estrito necessário. E, quando fala, profere, fere, bem devagar, aflito capricha num tom esquisito; nem contrabaixo, nem violino.

— José Alberto, por favor.

A professora de Geografia abrindo o diário de classe. Deve ser coisa importante. Vou ter que falar.

— José Alberto...

Ela repete, esticando o rosto sobre o diário.

Vou indo, vou ficar o mais perto possível. Se eu pipiar, só a dona Eunice vai ouvir. Plateia menor, fiasco menor.

4

— Falta uma nota pra você...
Dona Eunice marcando o nome dele no diário, com uma régua, o nome bem reto. E fitando-o, com uma ruga torta na testa:
— Entregou o questionário?
Nem contrabaixo, nem violino:
— Entreguei.
— Certeza?!
— Absoluta.
— Coisa esquisita... O que será que houve? Deixa eu procurar nas minhas outras pastas... Só se eu misturei com os questionários das outras turmas... Gente de Deus, será que eu fiz essa confusão? Deixa eu ver...
Engraçado a dona Eunice desembestar a procurar o questionário dele num mundaréu de pastas verdes. A ruga torta na testa. As mãos em darandina, revirando tudo.

5

Beleza poder esperar em silêncio. Não ter que explicar aspectos, pormenores, nenhuma intricada situação. O problema é da professora, ainda bem. Alguém joga um giz no quadro, com toda a força. Mas a guerra não vem. Não é tempo de guerra de giz.

6

O tempo difícil. Mas passa. Dona Eunice acaba encontrando o bendito questionário na pasta de outra turma, como previra. A ruga mais suave agora. Um sorriso:
— Confundi com o José Roberto da Sétima D... E olha, até as letras são parecidas... Mas isso não é desculpa, que coisa... Perdoa a minha confusão? Fiz você perder tempo...

Podia dizer: que nada, professora. Não tem importância. Isso acontece. Mas diz, desconcertado, completamente violino:
— Perdi tempo.
Dona Eunice perde sorriso. A ruga não. Às vezes, parcas palavras, frias palavras, palavras cordas. Destoam, desafinam, arrebentam.

7
— José Alberto!
No pátio, correndo com uma bola de vôlei, a Marília. A Marília. De todas as meninas do colégio, a que o atrai ao mar e à ilha. Ah uma voz de locutor de rádio.
A Marília. Ele a olha de longe, o tempo todo, não se aproxima pra não conversar, mas a olha muito, sempre, reto, inteiro, profundo.
— Vem cá, eu preciso te contar uma coisa... Uma coisa superimportante, viu, José Alberto?

8
Marília se aproxima lentamente, repicando com as duas mãos a bola de vôlei no cimento da quadra, bate, bate, bate forte, as mãos de Marília vêm vindo, vêm vindo, a bola, as mãos, bola, bola, mãos, mãos.
Marília. Os olhos grandes, castanhos quase amarelos. O cabelo todinho preso pra trás, espichadinho sob a fita elástica.
A bola agora parada debaixo do pé direito. E Marília, um pouco de suor no queixo:
— É sobre a Ceição.
Violino:
— Que Ceição?!

9
Marília quis rir?
Bateu a bola três vezes no chão. E com a bola apertada ao peito:
— A Ceiça...
Contrabaixo:
— Que Ceiça?!...
— A -Çãozinha, José Alberto.
Meio contrabaixo, meio violino:
— Não conheço nenhuma -Çãozinha...

10
Marília põe a bola no chão. E sobre ela o pé esquerdo:
— A -Çãoza... A -Çãoza, sabe?
Violiníssimo:
— Eu hem... Fala direito o nome da menina, senão eu nunca vou saber quem é.
E Marília:
— Maria da Conceição Ribeiro Freire Alves de Carvalho. É da Oitava B. Uma alta, nem magra nem gorda, mais alta que você um pouco. Tem o cabelo curto, só usa o cabelo bem curto, aneladinho e curto. E usa óculos de leitura. Por causa de um astigmatismo... Lembra agora quem é? Ela me pediu pra te perguntar uma coisa, uma coisa superimportante.

11
Ceiça, Ceição, -Çãozinha. -Çãoza. Acrescenta Ceicinha.
E José Alberto com vontade de dar um beijo na Marília, um pouco de suor no queixo, no pátio do colégio,

ninguém iria ver, todo mundo nas salas, só os dois ali no pátio, ela esperando a aula de Educação Física; ele, a biblioteca abrir.
— Ainda não lembra quem é?
— Maria da Conceição...
— Ribeiro Freire Alves de Carvalho.
— Maria da Conceição Ribeiro...
— Freire Alves de Carvalho.
— Da oitava B?!
— Ela mandou te perguntar se você tem namorada.

12
Os castanhos de Marília, quase amarelos. Olhos grandes, grandes mentiras? O sorriso branco, meio brincalhão. Ri de quem rosna, pipia, grasna. José Alberto desconfia, não existe nenhuma -Çãozinha. Nem Ceiça, nem Ceição. Muito menos -Çãoza. E ainda mais Ceicinha. Como pôde inventar Maria da Conceição Ribeiro Freire Alves de Carvalho? Inventou pra poder rir dele.
Vontade de sumir.

13
Então José Alberto não responde nada. Fica apenas olhando pra Marília, olhando com vontade, esquece a solidão da ilha, só pensa na aventura no mar, no mar, José Alberto com o barco entrando no mar, o mar bravio, o mar enredado, traidor. Mas o barco. O barco.
O barco vai entrando no mar. Nos olhos de Marília. Vê a lanterna dos afogados? No fundo. Bem no fundo. Este mar amarelo, diferente, no fundo, no fundo, olha a inextricável estrela-do-mar.

14

A inextricável estrela-do-mar. Marília diz, agora tímida, repentinamente tímida:
— O nome é mentira.

O coração de José Alberto, bola de vôlei, bate, bate, bate no cimento do pátio do tempo, bate e rebate na parede desse pátio o sol, uma voz, uma flauta, uma voz de flauta doce.
— O nome é mentira.
Ela repete. E continua:
— Também é mentira o cabelo curto, a altura, os óculos. Eu só queria saber se você tem namorada... **Eu** é que queria saber. O resto fica por sua conta. Já dei o primeiro passo.

Vermelhinha no rosto, Marília saiu correndo.

15

José Alberto ainda parado, no meio do pátio, com os braços soltos ao longo do corpo. Aconteceu então? Sem o melhor da voz. Mas com o melhor do olhar. José Alberto assustado, mas aconteceu.

Não apague a namorada. Escreva, desenhe, acenda a namorada.

16

Pega dois livros na biblioteca. Um de poesia. O outro, um romance clássico.

Se o Adriano o encontrasse com os livros:
— Olha só o que ele vai ler, gente... Romance e poesia...

José Alberto:
— Tem todo o interesse em ser feliz.

Adriano ficaria sem fala, ainda não sabe ligar uma coisa à outra, nunca nem tomou um café com o Carlos Drummond, ainda não teve uma boa conversinha com o Machado de Assis.

17
Entra em casa, põe os livros na cama, vai pra cozinha; vê a mãe batendo vitamina de abacate com limão:
— Me acompanha?!
— Só se for agora, mãe...
Fica lembrando de Marília. Que inventou a Ceiça, a Ceição, a -Çãozinha, a -Çãoza, a Maria da Conceição Ribeiro Freire Alves de Carvalho, cabelo curto, óculos de leitura, inventou tudo isso pra poder conversar com ele. Que bonitinha. Vai procurá-la amanhã, depois da última aula. Hoje pretende apenas imaginar o primeiro encontro. Tem tempo, tem tempo.

18
E a alegria não para por aí. É tempo de paz. Fica lembrando do pai. O pai de diferentes vozes, tem uma que não combina com a fachada da casa dos colegas: hoje quem vai pra cozinha sou eu; vou fazer um almoço de deixar saudades, viu, galera?
Daqui a pouco ele chega: e aí, filhão, tudo bem no colégio? E as namoradas?
Poderia apelar: e aí, paizão, e a queda pela culinária? Eu não sei não...
Mas é tempo de paz. Tempo de acabar com preconceitos. A gente é igual casa, pede reforma o tempo todo. Um dia ele conversa sobre machismo com o pai. Já sabe o que vai ouvir: filhão, homem cuida da lida da casa, lava, passa e cozinha, e não deixa de ser homem por causa disso.

Fica lembrando dos colegas, o Adriano diz bem assim: eu não faço serviço de mulher, nem vem com essa xaropada de direitos, deveres e tarefas iguais, sai fora, mano, homem é outro departamento, homem que é homem faz serviço de homem, homem troca lâmpada, homem carrega mesa, homem conserta liquidificador. Caso queiram modernidades, homem compra um congelado e manda a mulher aquecer no micro-ondas, valeu?

Assunto difícil esse. José Alberto discorda dos colegas, mas cadê coragem de admitir. Pensar diferente dá trabalho. Exige preparo físico e muito equilíbrio emocional. Mas agora é tempo de falar da primeira namorada. Os problemas sociais que esperem. É tempo de coração que dispara e perna que treme, de boca que quer beijar, dizer baixinho: pensei em você a noite toda, vamos ao cinema, vamos, eu quero te beijar, eu te amo; perguntar pro pai: como que eu faço pra Marília gostar do meu beijo? Não importa se em violino ou contrabaixo, o pai o ouvirá; e daí se José Alberto ainda grasna, ainda pipia, ainda rosna? E até cacareja, às vezes? Com uma voz de taquara rachada, de buzina irritante, de janela emperrada, o berro, o uivo, a espera, a espera desesperada, o silêncio, o sonho, o mato fechado na noite sem lua, o rio desruidoso, a ponte turva, o mistério dos cisnes.

Segunda Parte

Segundas Intenções

A Canção Perfeita

1

Entrou na sala às oito.

Calcou o diadema que segurava firme o cabelo pra trás, cabelo fino e liso, ai, só um bom diadema pra manter quieto esse meu cabelo de vaca lambida, ai-ai, será que o João ainda não chegou?

2

O pessoal espalhado pela sala. Inclinada ao lado do som, Marijô mexia nos cedês. E os outros riam, conversavam: Dora, Regininha, Bebete, Zenilde, Maria Helena, Fredão, Aluísio, Pedro Ivo, Juliano, Vicente, Cida, Lucemir.

O João, meu Deus, será que justamente o João vai faltar?

3

Marijô combinara tudo, desde a semana passada. Marijô afrouxando a pressão dos brincos nas orelhas: ô Rafaela, eu vou arrumar um jeito do João te observar bem de perto. Daí ele vai querer te namorar. Eu juro, por tudo quanto é mais sagrado, eu vou fazer o João querer te namorar. Diacho de brinco que vive me apertando. É o brinco de que eu mais gosto, mas vive me apertando. Vou dar uma festinha lá em casa. Eu falo que é pra comemorar o meu 7 em Matemática, mas as intenções são outras... A gente convida o pessoal todo. O João está sem namorada, eu sei. Prometo colocar só música de deixar o coração batendo emocionado, combinadinho? Você vai e olha pro João. Olha direto nos olhos dele. O João vai te chamar pra dançar e daí então, pronto, sua boba, vai ser namoro na certa, pode ficar sossegada, viu, a gente pede pra Maria Helena vigiar a Lucemir. Você sabe que a Lucemir tem mania de querer namorar os meninos tudo, a Lucemir é muito gulosa. Mas no papel de irmã mais velha da Lucemir, a Maria Helena vai fazer a assanhadinha quietar o facho e deixar o caminho livre pra você, combinadinho?

Combinadinho.

A festa até já começou, já tem gente dançando. Mas quede o João. O João, meu Deus, será que justamente o João vai faltar?

4

— Vem cá, Rafaela. Me ajuda a escolher a próxima música.

Diz Marijô, aproximando-se com um sorriso, gingando o corpo, sacode o cabelo anelado.

Rafaela respira fundo. Deixa-se levar pela mão de Marijô, vai passando por entre Vicente e Regininha, que dançam separados, um de frente pro outro, cada um mais animado do que o outro.

— Marijô...

Rafaela resmunga, desanimada. E Marijô:

— Anda, anda, Rafaela. A próxima música quem escolhe é você. O João já deve estar chegando! Já pensou que lindo ele entrar e ouvir uma música escolhida por você? Já vai ser meio caminho andado pro namoro... Eu fico arrepiadinha só de imaginar. Rafaela, não vejo a hora de ver você namorando o João. Não aguento mais te ver assim chateadinha... O João precisa te ver, te descobrir! E tem que ser **hoje**, combinadinho?

Combinadinho, tem que ser hoje. Combinadinho também que não haverá nenhuma surpresa catastrófica?

5

— Mas se ele não vier... Ô Marijô... E se ele não vier?!!!

As duas de frente pro aparelho de som, uma não olha pra outra.

— Se ele não vier, você não vai querer dançar com mais ninguém, eu te conheço. Vai ficar pasmada a festa toda, decepcionadinha de tudo, ô dó. Não vai ter força pra engolir sequer um docinho de leite com coco, não vai ter ânimo nem pra tomar um suco de limão. Se ele não vier, Rafaela, você vai tomar chá de cadeira, eu sei, você é muito emotiva, e está arriada de paixão pelo João, ai-ai-ai-ai-ai, você vai tomar chá de cadeira, já estou até vendo, chá de cadeira, Deus te livre e guarde.

Marijô subitamente séria. Rafaela com vontade de sair correndo e nunca mais entrar nesta sala agora lúgubre.

6
— O João pode não aparecer hoje.
Rafaela diz, com a voz abafada.
Marijô argumenta, fitando-a de soslaio, com o olhar sombrio:
— Isso pode acontecer mesmo. Quem garante alguma coisa neste mundo? Justamente o João pode ter sido impedido de vir aqui pra nossa festinha. Pode ser que ele até tenha se arrumado pra vir, tenha até saído de casa pra chegar o mais cedo possível, mas...
— Mas...?
— Quando ia atravessar uma rua, um carro pode ter atropelado ele e...
— Marijô...
— Justamente o João pode não aparecer aqui hoje. Aí não vai ter festinha pra você, eu sei. Destino é folha no ar.

7
Rafaela pega um cedê, com as mãos trêmulas. Vê a capa. Os títulos das canções. Não escolhe música nenhuma. Recoloca o cedê na estante, ficando de costas pro som.
Marijô tenta sorrir, põe um cedê diferente, começa a rebolar na frente de Rafaela, depois vai rebolando pro meio da sala, chama o Aluísio pra dançar.

8
Todos já dançam agora.
Só Rafaela, cabisbaixa e inerte, espera a notícia que não queria ouvir. Daqui a pouco decerto alguém chega de frente pra ela e diz ô Rafaela, conforma com isso, confor-

ma, não vai ser hoje que o João vai te chamar pra dançar e começar o namoro. Escuta, Rafaela, com o João não vai ser hoje nem nunca, a gente acabou de saber que o João morreu, conforma com isso, conforma, o João morreu. Ou ainda pior: Rafaela, o João mandou dizer que não vai dar o ar da graça, justamente porque você está aqui. O João abomina a sua presença e simplesmente se recusa a ficar numa festa onde você também esteja, conforma com isso, olha o ar da desgraça, conforma.

9

Destino é folha no ar? Rafaela levanta os olhos, apenas pra observar os pares que dançam. Mas vê a porta abrindo. João vem entrando, com uma camisa tão bonita. João cumprimenta todo mundo com um sorriso; você vai e olha pro João, olha direto nos olhos dele, o João vai te chamar pra dançar e daí então, pronto, sua boba; com um sorriso João vem se aproximando de Rafaela, João com o cabelo penteadinho, os olhos azuis faiscando, João já está quase perto de Rafaela olha direto nos olhos dele.

Bem depressa, Marijô corre e muda a música.

Todos fingem que não veem nada, continuam rindo, conversando.

O caminho livre.

Começa outra música.

10

João agora pertinho. Olha direto nos olhos dele. E daí então, pronto, sua boba.

— Rafaela... Você tem uns olhos pretos que eu vou te contar, Nossa... Me desculpa o atraso... Posso ser seu par constante? Aprendi esse lance de par constante com a minha mãe. Era assim no tempo dela, achei maneiro.

Rafaela respira fundo. Ajeita o diadema. Sorri.

11

Eta Marijô, combinara tudo direitinho. Até com a folha no ar, com o destino, ela combinou. E agora, meio caminho andado, escolheu a canção perfeita. A Marijô é famosa em organizar festinha boa, aqui em Taguatinga toda festinha da Marijô é uma coisa, fica na história.

— Claro que você pode ser meu par constante, João...

Achei maneiro, dançar muito, a festinha toda só com ele; que eu vou te contar, Nossa... Só agora está começando a noite pode durar a vida inteira.

E a canção perfeita. Fica na história. Combinadinho?

Fulana, Sicrana e Beltrana

1
A santíssima trindade: Ana Sol, Ana Lourdes, Ana Bárbara.
Estudam na mesma classe. Tiram quase as mesmas notas, quase, porque combinaram de uma ou outra errar esta ou aquela questão de propósito, pra professora ficar em dúvida se uma copia da outra ou não. A professora sabe que uma copia da outra. Mas fica em dúvida. Convém ficar em dúvida. Professora não pode saber de uma coisa errada e ao mesmo tempo não dar o devido castigo.

2
A professora se vinga de um outro malmodo, a industriada.

Ao invés de dizer Ana Bárbara, Ana Lourdes, Ana Sol, a siligristida faz questão de dizer Fulana, Sicrana e Beltrana, com a intenção oculta de lavar as mãos, com a intenção clara de condenar, torturar e crucificar a santíssima trindade, bem assim na hora da chamada, quando a turma inteira dana a rir, porque o Afonso Tadeu é Afonso Tadeu, a Inês Maria é Inês Maria, a Claudete, Claudete, mas as Anas três se resumem nas Fulanas Sicranas Beltranas, tanto faz como tanto desfez, significância nenhuma nenhuma das três, as três que copiam uma da outra, na hora da prova, na hora do exercício, copiam as três, sempre no copiar, Português da Fulana, Matemática da Sicrana, Geografia da Beltrana, História de Fulana tem Ciências de Sicrana mais as Artes de Beltrana e assim vai, vai, e vai, ô santíssima trindade que me faz ficar em dúvida, devo fazer o que pra obrigar as três a parar de copiar uma da outra; a professora com uma ruga enorme no meio da testa, entestou de resolver o problema. Pra começar, se vinga, chama uma de Fulana, a outra de Sicrana, outra de outra Beltrana, tudo termina com Ana, no caso este de tudo com Ana começar.

3

As três continuam na copiagem. A professora que suba o calvário.

— Ana Sol...

Escuto Ana Bárbara me chamar, enquanto me cutuca, Ana Bárbara sempre me cutuca, tinque, tinque, lápis de ponta fininha.

— Fala, Ana Bárbara.

E a voz preguiçosa:

— Odeio gramática...

— Pode copiar, já terminei, ó.

Estendo pra ela o exercício de gramática, por debaixo da carteira.
— Deus te pague em dobro.
Ana Bárbara cochicha, rindo fininho, lápis de ponta boba-alegre.
E Ana Lourdes:
— Ana Sol, espia a enfezada.

4

Ana Sol espia. Fica até com dó. Professora do plantão de dúvidas, sempre na dúvida, tem uma hora de aula com a turma dia sim, dia não, tudo invenção de moda do novo diretor doidinho pra mostrar serviço; então inventou o plantão de dúvidas, a dona Clarissa é a professora do plantão de dúvidas, anota as dúvidas, organiza e contabiliza, depois confabuliza com os outros pra ajudar na invenção de prova diferente; prova diferente é outra invenção de moda do novo diretor, mostrar serviço, coisa com coisa, o novo diretor não diz coisa com coisa, este colégio virando sanatório, será que ninguém vê isso, santíssima trindade, misericórdia de Deus, um colégio renomado como esse, agora aos poucos ir virando um antro de danação, alguém tem que tomar providência.

5

— Alguém tem que tomar providência.
Ana Sol cochichando com Ana Lourdes. Que retruca:
— Providência pra quê?
E Ana Sol explica, professoral:
— A dona Clarissa precisa parar de dizer Fulana, Sicrana e Beltrana. Nós três temos nomes.

— Não estou nem aí se ela fala o meu nome ou não... Azar o dela!
— Engano seu. Azar o nosso.
— Não encuca, Ana Sol...
— Eu **exijo** que a dona Clarissa diga o meu nome. Não me conformo com a falta de identidade, viu, Ana Lourdes?

6
Ana Bárbara:
— Terminei de copiar gramática. Agora vou fazer o exercício de Geografia que eu adoro... Daqui a pouco eu passo pra vocês.
Ana Sol vai ter que copiar o exercício de Geografia daqui a pouco. A Ana Lourdes, pegajosa e grudenta, libidem.
No entanto, Ana Sol continua olhando pra dona Clarissa. Quanta dúvida. Dona Clarissa, tufo de mato enfiado na dúvida. Plantinha de Beltrana, Sicrana, Fulana. Vai ver, muda de planta ninguém. Até quando essa vingança sem nome?

7
Ana Sol esquece o exercício de Geografia. Baixa a cabeça, tentando esquecer a dúvida de dona Clarissa. Lembra de outra Clarissa, *Música ao longe**. Ao longe, que melodia é essa, clara e quente, Ana Sol. Entrando no alpendre de uma casa ao longe, uma canção, Ana Sol, adoro o meu nome, diz Ana Sol, baixinho, adoro o meu nome, um pouco mais alto, Ana, Ana, Ana Sol.
Subitamente, aproxima-se de dona Clarissa. Com as pernas trêmulas. *Um lugar ao sol***:

48

— Dona Clarissa, a partir de hoje, eu quero que a senhora me chame pelo **meu** nome, está bem assim?
Dona Clarissa sorri:
— Qual é mesmo o seu nome?
Ana Sol, veríssima, diz uma boa verdade, sem dúvida:
— Prometo parar de copiar escondido. Quando eu copiar agora, prometo que revelo a fonte.
Dona Clarissa continua sorrindo. E pisca o olho esquerdo:
— Você é a Ana Sol.
— Eu...
— A Ana Sol certamente se identifica bastante com a Ana Terra do Érico Veríssimo.
Ana Sol treme forte. Quase cai. E pergunta, abobalhada:
— Como sabe que o Érico é o meu autor preferido?!
Dona Clarissa para de sorrir. Mas continua maliciosa:
— Um dia eu li uma redação assinada por Ana Sol. Era um texto muito bonito, todo inspirado em *Música ao longe**. Agora eu estou vendo o nome Clarissa escrito aí na palma da sua mão...

8
Devo ter ficado vermelhinha, coisa horrível. Certeza é que baixei os olhos e vi realmente o nome Clarissa bem no meio da palma da minha mão; eu tenho essa mania de escrever nome que eu acho bonito bem assim no meio da palma da minha mão, eu tinha acabado de escrever, escrevi e esqueci; ô vergonha, está bem assim?
Ana Sol levanta os olhos. Sorri também com malícia. E observa: no meio da testa de dona Clarissa não tem ruga nenhuma, se tem, desapareceu bruscamente.

Ruga é o mesmo que dúvida? Dúvida a gente sempre tem. Aparece, desaparece, aparece de novo, tem hora que se aprofunda e vira uma certeza, ruga, certeza de dúvida pra sempre.

9

Ana Sol fixa os olhos no rosto agora amável de dona Clarissa. É de ver que um tufo de mato enfiado na dúvida, uma criatura siligristida, industriada, uma criatura que se encolhe na cama toda noite, que nem dorme direito, essa noite fez foi chorar, depois xingou deus-e-o-mundo, não quebrou o espelho da penteadeira por não ser personagem de novela de televisão, mas xingou deus-e-o-mundo; é de ver que essa criatura pode sair do quarto, assim sem lógica recitar um poema, andar descalça no ladrilho do poema, e entrar na cozinha, e preparar um café, e arrumar a mesa com biscoitos, queijo trançado, fatias de bolo, quem sabe até pudim. Uma criatura tem sempre um quê de delicadeza?

10

Ana Sol ajeita a manga esquerda da camiseta de malha; que coisa, eu tinha dobrado direitinho a ponta dessa manga e olha ela toda desdobrada, mais comprida do que a outra, que vexa, ô vontade de tomar um copo de suicídio, eu passei a manhã todinha com uma manga mais comprida do que a outra.

E faz questão de confirmar, Ana não é Sicrana nem Beltrana e nenhuma Fulana; o pião entrou na roda, ó pião, entrega o chapéu a outro, ó pião.

Solta uma voz ao sol, um lugar:

— A senhora já sabe, o meu nome é Ana Sol.

Volta correndo pra carteira, apoia os braços na fórmica manchada de guache, caneta, tinta nanquim.

E levanta a cabeça.

Tão bom poder levantar a cabeça.

---
* Érico Veríssimo, *Música ao longe*.
** Érico Veríssimo, *Um lugar ao sol*.

O Estudo a Dois

1

Combinara de fazer o estudo na casa dele, de tarde, pensando: beleza, a minha mãe vai garantir uns bolinhos fritos na hora, um café bem quente, com essa chuva fria é superlegal a gente estudar tomando um café bem quente, saboreando uns bolinhos fritos na hora, a Manuelinha vai adorar, ela vive reclamando que não faz estudo de grupo na casa dela porque a mãe trabalha fora o dia inteiro e nunca deixa coisa gostosa pronta.

— E você não entende nada de cozinha?

Perguntou uma vez o Almino, achando inadmissível menina não saber cozinhar.

A Manuelinha riu, sacudindo o cabelo comprido e aneladão, fechou um pouco os olhos verdes. Depois, ainda rindo, jogou o cabelo pra trás dos ombros:
— Pra não dizer que não entendo nada, sei colocar salame dentro do pão.

O Almino com a cara enfezada, ofendido até à alma:
— Eu hem, pra mim, estudo de grupo tem que ter só coisa boa. No mínimo, um bom sanduíche de queijo derretido com bastante presunto e molho de...
— Jura?! Ah, eu fico tão chateada de estar te decepcionando, Almino... Me perdoa?

Ficou brincando a Manuelinha, rodando em volta dele.

2

Então o estudo em dupla ficou acertado de ser na casa do Gabriel, ficou combinado assim de súbito, o professor acabou de pedir e rapidamente Gabriel escutou a voz da Manuelinha ao lado, o cabelo comprido e aneladão roçando o ombro dele, tão ágil ela saíra do lugar quase no fundo da sala e já estava pertinho dele, os olhos verdes jorros de lâmpadas fortes: posso fazer dupla com você, Gabriel?

E ele segurando o presente:
— Claro...
— Amanhã mesmo? A gente pode fazer o estudo amanhã mesmo?

Gabriel desembrulhou. Chegou a dobrar e depois guardar o papel de seda colorido.
— Amanhã mesmo...
— Às três da tarde está legal pra você?

Afirmou que sim, balançando a cabeça, fitou o presente, vontade de sair pulando, sair mostrando o presente pra todo mundo, acabei de ganhar, pessoal.

3

E vai hoje a mãe teve que viajar de uma hora pra outra. Foi se despedir da Joeli, a Joeli está simplesmente definhando naquela clínica, não passa de hoje, a minha melhor amiga, não dá pra acreditar, a minha melhor amiga, a mãe toda dramática, ajeitando o cinto do vestido estampado, examina preocupada as unhas, da bolsa puxa o fecho ecler.

4

A Manuelinha daqui a pouco, pra gente fazer o estudo. Não vou poder oferecer coisa gostosa. Logo hoje não tem nem bolacha de doce na tigelinha da cristaleira. E o pior de tudo: a Manuelinha vai achar esquisito nós dois sozinhos a tarde toda aqui na copa, na frente desta mesa de madeira enorme, só nós dois, nós dois sozinhos, a Manuelinha com certeza quis estudar em dupla comigo porque sabe que a minha mãe está sempre em casa, não trabalha fora, vive dentro de casa, sempre fazendo biscoito, uma rosca, uma torta, um bolo, cada coisa mais deliciosa do que a outra, e justamente hoje a minha mãe não está em casa, ô disgrama de azar.

A Manuelinha vai ficar o duplo de nervosa:

— Ô Gabriel, não tem nada de bom pra gente lanchar?

— Mas Gabriel, a sua mãe só vai chegar amanhã? Quer dizer que nós dois estamos sozinhos, sozinhos até à noite? Que coisa desagradável... Vai todo mundo falar mal da gente! Você sabe, Gabriel, a gente mora na Capital da República, a gente mora numa das cidades mais modernas do mundo, mas, em matéria de fuxico, Brasília é igualzinha a qualquer cidadezinha do interior, viu?

5

Com certeza, ficaria vendida. E diria, séria, prendendo o cabelão com uma fita larga:

— Vamos fazer o estudo o mais depressa possível então. Eu saio da sua casa antes das seis, o que acha? Pelo menos assim o pessoal vai ter menos motivo pra ficar imaginando coisa. E também assim eu passo menos fome, seu irresponsável.

6

O pior é que poderia argumentar, esquivando-se em direção à porta, sem nem olhar pra ele:

— A sua mãe viajou? Não tem nada pra gente lanchar? Pois então eu vou embora **agora**, Gabriel. Vou fazer o estudo com outra pessoa, tchau! Nunca vi menino mais desorganizado, por que não telefonou avisando antes?

7

Exatamente isso, o telefone. O telefone, o telefone. Telefone é pra essas coisas, viu, Gabriel? Lembra que escutou uma vez a Manuelinha espocando com a Fátima:

— Ô Fátima, por que você não avisou que não ia poder trazer **hoje** o livro que eu te emprestei?

A Fátima, sempre molenga pra tudo, limpando os óculos com uma flanelinha amarela, custou a responder:

— Sabe, Manuelinha... Eu nem preocupei com isso... Achei que não precisava... Já te falei, eu estava estressada hoje lá em casa... Por causa do meu irmão, você sabe. Ele me atazana o juízo o dia todo... Sabe, Manuelinha, eu acho que o meu irmão tem um problema existencial dificílimo de ser analisado. Ele fica escondendo as minhas coisas, sabe? Esconde as minhas pochetes, as minhas bijuterias, até as minhas agendas, sabe? Esconde **mesmo**. A gente leva quase um mês pra achar.

— Eu precisava daquele livro **hoje**, sua tonta. Você tinha que ter me telefonado! Tinha que ter me avisado que o livro estava escondido lá na barafunda da sua casa e que você estava sem clima pra procurar. Eu teria dado outro jeito! Teria pegado alguma coisa lá na Biblioteca Demonstrativa, sabe? Telefone é pra essas coisas, sabe, Fátima? Sabe, Fátima?! Não sabe...

8

Gabriel separa folhas e livros sobre a mesa da copa. Respira fundo. Faltam poucos minutos pra Manuelinha chegar. Lá fora uma chuva estúrdia, fria, pesada e fria, uma chuva de novembro.

A Manuelinha entrará chapiscada de chuva, com o nariz gelado, fecha a sombrinha, entra esbaforida com a sombrinha pingando, molha o corredor todo, põe a sombrinha pra secar num cantinho do ladrilho da copa, esfrega as mãos uma na outra, encolhe-se arrepiada dentro de uma blusa de veludo, ô Gabriel, antes de começar, eu vou querer um café bem quente, viu?

Vai ser um fiasco.

9

Se ele telefonasse avisando que a mãe viajou e que não tem lanche, não tem nem mesmo um restinho de café morno, evitaria o desajeito.

— Telefone é pra essas coisas, viu, Gabriel?

Mas Gabriel não telefona. Permanece mexendo em livros, folhas, meio lerdo diante da mesa de madeira enorme, ali na copa, com uma janela entreaberta. Respingos de chuva já empoçam o peitoril.

10

Por que será que ele não telefona avisando. Não quer perder o imprevisto? Gabriel se afasta da mesa, encosta-se na janela entreaberta. Treme de frio. Então fecha a janela. Torna a ficar diante da mesa, de pé, olhando livros, folhas, a mesa de madeira tem uns rachadinhos aqui e ali. Manuelinha vai entrar dizendo: oi, Gabriel, tudo bom? Mas que chuva chata, hem? E ele dirá: tudo ótimo, mas você tem razão, que chuva chata.

Gabriel sorri. Fecha os olhos. Senta-se. A voz da Manuelinha: posso fazer dupla com você, Gabriel? Ele continua sorrindo. Abre os olhos. Agora nem daria mais tempo de telefonar. Estão tocando o interfone. Só pode ser a Manuelinha.

Gabriel se levanta e atende depressa. A voz do porteiro: Gabriel, tem uma moça aqui embaixo. Manuela. Pode deixar subir?

— Claro, claro. É lá do colégio, seu Anísio. A gente vai fazer um trabalho pra nota.

11

Mais alguns instantes. E Gabriel abre a porta da sala. Um ventinho gelado, quentura de rosto num capuz, sombrinha verde, olhar verde, capuz empurrado pra trás, cabelo aneladão saltando nos ombros dele, Manuelinha. Após lhe dar um beijo estalado no rosto, deixa a sombrinha fechada ali mesmo na entrada da sala, cuidadosamente colocando-a dentro de um vaso de imbê.

Vai entrando devagar, com as mãos enfiadas nos bolsos do casaco de lã cor de uva. Os pés protegidos pelas botas pretas que ela faz questão de deslizar no tapetinho, meticulosamente limpando o solado.

— Adoro chuva... E essa de hoje está divina, hem?
Ela diz, agora andando no meio da sala, com o olhar fugidio.
Gabriel fecha a porta, vai indo pelo corredor, não olha pra ela, tem medo de olhar.
— Vamos lá pra copa? É lá na copa que tem uma mesa boa. É uma mesa de cedro, foi da minha bisavó lá de Dores do Indaiá.
Ele diz, espantado, que chuva chata que nada.

12
O corredor meio escuro. Manuelinha atrás dele.
— Você também gosta de chuva?
Ela pergunta. Ele para. Vem temporal? Ela também para, quase tropeçando nele. O corredor meio escuro. Manuelinha tão perto.
Gabriel relâmpagos:
— Gosto muito de chuva, sim, gosto muito.

13
Agora os dois diante da mesa de cedro lá de Dores do Indaiá. Manuelinha desabotoa o casaco de lã, vira-se de lado, desabotoa a blusinha de dentro, tira um caderno fino preso no cós da calça comprida, depois torna a abotoar a blusinha, discretamente. E coloca o caderno na mesa.
— Trouxe o roteiro. O resto do material está com você.
— Claro, está tudo aqui... Os livros, as folhas de papel almaço...
Gabriel pronto pra Manuelinha querer um café bem quente. Perguntar pela mãe dele. E depois, o rosto contraído, o olhar em faíscas de fúria: telefone é pra essas coisas, viu, Gabriel?

14

Mas Manuelinha puxa uma cadeira e se senta. Pega um livro. Começa a folhear, bem devagarinho. Gabriel vai e se senta também, de frente pra ela. Pega também um livro. Começa a folhear, com os dedos trêmulos.

— Gabriel, me conta uma coisa.

Gabriel fixa os olhos numa página do livro já marcada. Lê o verso *Se queres sentir a felicidade de amar, esquece a tua alma**.

Um susto. O verso de Bandeira é um susto debaixo da chuva, uma chuva, uma chuva doida, chata de jeito nenhum.

— Gabriel... Está me ouvindo?

Os olhos do Gabriel percorrem outros versos: *Deixa o teu corpo entender-se com outro corpo. Porque os corpos se entendem, mas as almas não**.

— Me conta, Gabriel, você... tem namorada?

A pergunta da Manuelinha, chuva que é outro susto, um imprevisto, um sobressalto que já se pedia, já se sonhava. Então Gabriel responde, sem desviar os olhos do livro:

— Se eu tenho namorada? Não...

— Que bom.

Que bom é pra lá de bom. Ele comenta:

— Interessante o professor pedir pra gente fazer um estudo de comparação entre as duas visões do amor. A do Bandeira e a do Drummond...

Ele fecha o livro e coloca-o à sua esquerda. Pega outro livro e abre na página já marcada. Lê em silêncio: *Que pode uma criatura senão, entre criaturas, amar?***

15

— O professor Lima é bárbaro!

Diz a Manuelinha, fechando o livro. E depois:

— Gostei de você ter separado este livro da Cecília. É pra gente comparar um pouco com a visão dela também, não é?

— Exato. Separei também um da Adélia, o que você acha?

— Superlegal. Duas mulheres, dois homens. Vai dar uma ideia mais ampla.

— Pensei isso também.

16

Não vai perguntar pela mãe dele? Não vai querer um café bem quente? Não vai falar nada sobre o lanche?!
A chuva, a chuva. Em silêncio, os olhos do Gabriel passeiam: *Este o nosso destino: amor sem conta***. Vai perguntar sobre o lanche. Vai querer um café bem quente. Vai perguntar pela mãe. Vai ser um fiasco. *E na concha vazia do amor a procura medrosa, paciente, de mais e mais amor***.

Gabriel fecha o livro. Esquecer a alma? Difícil. Estende o olhar pro rosto da Manuelinha. Observa a pele morena. A boca. O esboço de um sorriso. Agora, as sobrancelhas grossas. Os olhos verdes.

Os olhos verdes da Manuelinha fixos nos olhos dele. Os olhos verdes da Manuelinha. A chuva, a chuva. O silêncio dos dois. Mas se ela perguntar pela mãe dele agora? Não tem lanche pra gente?! Nem um cafezinho?!!! Telefone é pra essas coisas, viu, Gabriel? Se você não é capaz nem de coar um café, não presta nem pra fazer um suco aguado, podia ter encomendado alguma coisa na lanchonete, seu monga. Já ouviu falar de entrega em domicílio? Mundo moderno é pra essas coisas, viu, Gabriel?

— Está apaixonado atualmente?

A voz da Manuelinha num beiral de casa, de casa lá dentro, a mãe do Gabriel assando biscoito, biscoito de farinha de trigo, biscoito de maisena, biscoito de araruta, biscoito de polvilho e queijo, pega uma blusa de frio pra você, Gabriel, pega a marrom, não a branca, marrom suja menos. Marrom suja menos, mãe? Olha só que coisa...
— Me diz, Gabriel... Está apaixonado atualmente?
Gabriel contempla a boca, brilhosa de batom incolor. Aos poucos, deixa o livro escorregar sobre a mesa. E estende os braços, as mãos, sem parar de contemplar a boca.
— Estou muito apaixonado atualmente.
As mãos da Manuelinha se encontram com as mãos dele, ela também com os braços estendidos.
Apertam-se as mãos, com força. Depois, os dois se levantam, debruçando-se sobre a mesa de cedro lá de Dores do Indaiá. E os dois se beijam na boca. E custam a se afastar um do outro. E saem de perto da mesa. Começam a andar em direção ao corredor.

17
Param no meio do corredor já totalmente escuro. E Manuelinha:
— A minha mãe viu a sua mãe esperando um táxi pra ir pra Rodoferroviária... As duas conversaram um pouquinho... A sua mãe só volta amanhã, não é mesmo?
Gabriel sorri. Manuelinha sorri.

18
As mãos do Gabriel estudam os lábios da Manuelinha. Os lábios da Manuelinha estudam as mãos do Gabriel. E o Gabriel e a Manuelinha aprendem mais beijos. Ali no corredor escuro. Depois, mais beijos, na sala, no sofazi-

nho listrado de amarelo e azul, o muito que aprender, *a procura medrosa, paciente, de mais e mais amor***, *acordei meu bem pra lhe contar meu sonho****: *tenho fases de ser tua, tenho outras de ser sozinha*****, *se queres sentir a felicidade de amar**.

* Manuel Bandeira, "Arte de amar", *Antologia poética*.
** Carlos Drummond de Andrade, "Amar", *Antologia poética*.
*** Adélia Prado, "No meio da noite", *Bagagem*.
**** Cecília Meireles, "Lua adversa", *Flor de poemas*.

Terceira Parte

Coragens e Mudanças

Torre com
Meninos e Pipas

1

    Inteiramente em pedaços, recortes, fiapos, fripas, intermináveis tiras, de molambos de pano, de retalhos de pano, de restolhos de pano. Diante da pia montanha de vasilhas sujas. Apoiava as mãos no granito da pia, baixando a cabeça, dizia: não aguento mais essa vida de ter que manter a louça lavadinha e guardadinha, eu quero sumir, eu vou sumir.

    E lavava as vasilhas. Com todo o cuidado. Depois, ficava me olhando, por detrás dos óculos de aros fininhos.

    — Eu quis ajudar, mas o senhor não deixou, não foi, pai?

Eu argumentava, parando um pouco de sublinhar as frases importantes, os pontos básicos, as tais ideias principais. E ele, seriíssimo:

— Você tem muita coisa pra estudar, final de bimestre, preciso te poupar pelo menos até o dia das provas, agora o dono de casa tem que ser só eu.

2

Geralmente, eu afundava o riso nos cadernos, nos livros, na vontade de abandonar tudo por um instante e abraçar aquele homem desgovernado, nervoso, o engraçado dono de casa que não fazia nada sem reclamar. Queria me dar sossego e tempo pros estudos, fazendo todo o serviço da casa; mas acabava sempre me interrompendo: não aguento mais essa vida de passar e guardar roupa no armário, eu quero sumir, eu vou sumir.

E de nada adiantava eu me levantar depressa, sair todo bem-intencionado, me oferecendo pra terminar de organizar a roupa no armário; pode deixar que eu termino, pai, estou mesmo precisando descansar um pouquinho, estudar assim direto não é nada saudável, pode deixar que eu termino isso aí, pai, vai assistir televisão, vai. Que nada. Não admitia.

— Final de bimestre, filhão. Preciso poupar você. O dono de casa tem que ser só eu.

3

Chegava do ministério simplesmente morto, toda tarde. Mas queria saber: tudo bem com você, filhão? Tudo tranquilo, pai. Tem certeza?! Nenhuma novidade chata? Nenhuma novidade nem boa nem chata, pai... Não esquenta comigo. Que tal cuidar da sua vida? A Denise ligou de novo, viu? Pediu pro senhor retornar a ligação hoje ainda sem falta.

Fazia tempo essa conversa:
— A Denise ligou de novo, foi?
— A Denise liga todo dia, o senhor sabe.
— Mas... Bom, eu...
— Liga pra ela hoje! Marca um encontro!
— Não sei se devo... Ela está muito apaixonada e eu não quero alimentar esperanças.
— O senhor nunca mais namorou... Não quer tentar nunca mais? A Denise parece ser muito legal, pai.

Assunto terrível pra ele. Que fugia, inventava mais coisa pra fazer.

4

Final de bimestre. E eu sempre com dificuldade pra escapar das provas de recuperação. Daí me esforçava muito, Deus me livre de ter que rever a matéria toda no fim do ano.

De abril a setembro, um tormento, muita névoa seca, a umidade do ar baixíssima, o calor, a claridade cegando a gente na rua.

Escondido dele, eu varria o apartamento, tirava poeira, lavava cuecas e meias. E experimentava preparar um lanche. Mas às vezes ele me pegava no pulo:

— Nada disso, filhão. Não é por aí. E os seus estudos?

5

Houve um dia em que eu resolvi teimar. Um nove em Geografia me deixava herói:

— Ô pai, a gente não tem empregada. A diarista só vem de quinze em quinze dias. Eu tenho que ajudar no serviço todo dia, nada a ver se é final de bimestre ou não.

Ele ensaboava o copo do liquidificador. Virou-se pra mim, com os braços pingando espuma:

— O dono de casa sou eu. Vou ter que repetir isso até quando?

Nove em Geografia:

— O senhor exagera. A gente pode muito bem dividir as tarefas. Sempre sobra muito tempo. Eu não trabalho fora, pai. Sou só estudante.

— Ninguém é **só** estudante. Ser estudante é muita coisa, viu, Antônio? Tanta coisa pra ler, pra reconsiderar, pra questionar... Aproveite esse tempo o máximo, filhão.

6

Eu gostava do cuidado dele, da empolgação agitada, do método educacional equivocado mas amoroso. Desde que fora obrigado a se separar da minha mãe, fazia questão de cuidar de mim e da casa. Da minha mãe não dizia quase nada, a não ser uma frase sombria, torta, acabrunhante: ela perdeu a consciência das coisas.

Eu entendia bem. Sabia que não falava de outro homem, de uma fuga repentina, de um namorado que a levara pra longe de nós. Sabia que se tratava de um grito, de um choro, de uma voz trêmula repetindo não quero visita, não quero visita, já disse, não quero visita nem do meu filho, **nem do meu filho**, já disse, uma mania estúrdia de andar conversando sozinha, sem conseguir tomar atitude, providência, expediente nenhum.

7

O meu pai então virou dono de casa. Chegava do ministério e não parava: Antônio, vou dar uma saidinha pra comprar legume e verdura. A gente não pode ficar sem legume e verdura. Não demoro, viu? Continue estu-

dando. Vou fazer uma sopa de legume e verdura hoje, o que acha? Estou te achando meio pálido...
Saía depressa, ajeitando os óculos de aros fininhos.

8
No último bimestre daquele ano, a novidade interessante. A novidade mais interessante que eu podia imaginar. Continuou sem retornar a ligação pra Denise. Continuou a fazer o serviço de casa sem admitir a minha ajuda. Continuou a reclamar do serviço de casa. Mas trouxe uma caixa de madeira. Uma caixa grande, cheinha de pincéis e tubos de tinta. E a novidade:
— Entrei num cursinho de pintura.

9
Um cursinho de pintura. Achei exótico. Quase folclórico. Demorei a entender a guinada, a reviravolta, a riqueza do barroco do modernismo do simbolismo do renascimento.

10
E os dias foram correndo diferentes; caixa de madeira cheinha de ideias e sonhos de luz e sombra e cor e mais cor e uma voz que me interrompia assim:
— Comecei o pôr do sol visto da Ermida.
Ou assim:
— Comecei a Catedral, com profetas e anjos.
E mais:
— Antônio, vem ver, terminei jardim com flores do cerrado.
Eu já livre de qualquer recuperação final, praticamente em férias:
— O senhor mudou muito, depois que começou a pintar.

11

Dissera isso sem pensar a fundo, dissera o senhor mudou muito, depois que começou a pintar, ali separando o material pra última aula de Ciências; eu sempre estudando na cozinha, na cozinha tem uma mesa grande, eu só gosto de estudar assim, na minha frente tem que ter uma mesa grande.

O meu pai não comentou nada. Voltou pro ateliê, a área de serviço virou ateliê; bate um sol muito bom no ateliê do meu pai. Que parara de dizer: eu quero sumir, eu vou sumir.

12

E um dia resolvi conferir de perto. Depois de mostrar a ele o boletim final, com o mínimo de oito em todas as matérias, puxei um tamborete e me sentei num cantinho da área de serviço. Eu precisava entender melhor aquela matéria, a matéria do meu pai, os redemunhos de gente e paisagem, a revelação, o precipício, o segredo claro e escuro.

Ele esquadrinhava os primeiros traços de um quadro novo. Acho que sempre começava desse jeito, desenhava a lápis na tela, primeiro desenhava a lápis; só depois ia aos poucos trabalhando com as tintas.

Fiquei prestando atenção naqueles primeiros traços. Eram riscos, daqui e dali. Deu vontade maluca de perguntar: e a Denise, pai? Vai retornar a ligação pra ela hoje?

Mas permaneci em silêncio. Fazia dois anos ele estava sem a minha mãe. Vai ver ainda confiava na cura, na volta da consciência. Ou então precisava de mais um pouco de tempo pra correr o risco de se apaixonar de novo.

13

As mãos dele corriam outros riscos. Daqui e dali. Pouco a pouco, foi aparecendo a Torre, surgiram as barracas de artesanato, as de todo o tipo de vendedor ambulante, os tocadores de viola, de flauta, de violino, os meninos soltando pipas de rabiolas cutucando o vento.

Ficando lindo esse quadro novo. Com umas cores, uns sustos, umas sombras luzes de áspero e quente planalto, de horizonte reto, de curvas em delírio.

14

O meu pai realmente mudado. Deteve-se por um instante, me olhou com calma. No olhar daquela tarde da Torre com meninos e pipas eu vi outra manhã, quem sabe um sol de alimentar esperanças.

— Que quadro lindo, pai, arrasou!...

Ele sorriu. Ajeitou os óculos de aros fininhos. Voltou a pintar. Não me disse nada naquela tarde. Continuou com os riscos daqui e dali. Com os restolhos. Molambos. Retalhos. Mas inteiramente novo.

O Brinquinho de Ouro

1

Queria a medalha de se chamar Clara Lúcia. Ou Célia Luísa. Sandra Mara seria a glória. Glória Inês, que docinho de abóbora. Marta Regina é moça de fora, sabe? Teresa Rúbia, então, Nossa, a consagração; mas tem que se conformar, ô calvário de dor no andor de mim, carregando esta cruz de desconsolo, vale de lágrimas, numa triste procissão, chama-se Pulquéria.

Chama-se Pulquéria.

Então resolve assim: vou pedir pra todo mundo me chamar de Quequé. Quequé pra lá. Pra cá Quequé.

2

— Ô Quequé, embrulha dois quilos de farinha de milho, por obséquio.
— Seu Mário Vítor... Como vai o senhor?
Quequé cumprimenta, solícita e pálida. Seu Mário Vítor não levanta os olhos azulinhos. Mas responde:
— Eu vou bem, graças a Deus. Embrulha rápido, Quequé, por obséquio.

3

Quequé adora ouvir seu Mário Vítor repetir toda hora por obséquio. Por obséquio, seu Mário Vítor, levanta os olhos azulinhos pra Quequé.

4

E Quequé inzona, retira da prateleira, meticulosamente, dois pacotes de farinha de milho; depois estica esticadinho o papel de embrulho, ajeita melhor deste lado daqui, vai e vai, Quequé demora pra embrulhar os dois quilos de farinha de milho.
— Por obséquio, mais rápido, Quequé.
Seu Mário Vítor exige, meneando a cabeça. Vai daí Quequé descansa os braços sobre o embrulho, sem terminar de embrulhar. Já trabalhou muito hoje, carregou e organizou mercadoria nova, o seu Marcondes faz questão de manter o *Armazém De Tudo* sempre bem asseadinho, com tudo-tudo no devido lugar; o seu Marcondes com uma voz animadinha: o nosso armazém, além de conservar o antigo, há de ser sempre o mais agradável daqui da Asa Norte, não é mesmo, Quequé?

5
E depois de respirar fundo:
— Qual é o nome que o senhor acha mais bonito?
Seu Mário Vítor franze a testa. Arregala os olhos. Depois, meneia a cabeça outra vez:
— Quequé, por obséquio, anda depressa com isso...

6
Quequé insiste, com os olhos castanhos fixos no rosto lívido de seu Mário Vítor:
— Qual é o nome que o senhor acha mais bonito?
— De homem ou de mulher?
Seu Mário Vítor vai e pergunta, repentinamente atento ao rosto aparvoado de Quequé.
— De mulher.
Ela explica, ansiosa. Seu Mário Vítor observa as mãos de Quequé segurando o embrulho ainda desembrulhado. Em seguida, torna a fitar o rosto de Quequé. E diz:
— Acho lindo Clarice.
Quequé:
— Qual mais?
Seu Mário Vítor:
— Acho lindo Lídia.
— Só?
— Adoro Cristiana. Marcela. Flávia também eu gosto muito.
— Eu sempre gosto de dois nomes...
— Assim Ângela Dora?
— Assim mesmo. O meu preferido é Teresa Rúbia, sabe?
— Teresa Rúbia é lindo mesmo. Um conterrâneo meu teve uma namorada chamada Teresa Rúbia.

7

Quequé continua embrulhando os dois quilos de farinha de milho, ajeita daquele lado, todo embrulho tem que ser benfeito, senão o freguês reclama; vai que o freguês deixa o embrulho cair, esparrama mercadoria por toda banda; embrulhar é uma arte, um embrulho benfeito resiste a muita queda, ajeita deste lado, o seu Marcondes vive repetindo embrulhar é uma arte.

Quequé vai embrulhando. Com os castanhos agora fixos nos azulinhos:

— O senhor é separado, não é?

Seu Mário Vítor respira fundo.

— Sou sozinho há cinco anos.

— O nome da sua ex-mulher... é qual mesmo?!

Seu Mário Vítor baixa a cabeça. E responde:

— Não é Teresa Rúbia.

— Nem Clarice.

— Lembra do nome dela?

— Todo mundo lembra, é Berchorina.

— Berchorina...

— Não é Paula Cristina.

— Todo mundo a chamava de Nina, você sabe.

— Eu sei...

— Por obséquio, Quequé, termina de fazer esse embrulho.

8

— O senhor acha o meu nome horrível?

Seu Mário Vítor presta atenção no sorriso retraído de Quequé. E sorri também:

— Quequé eu acho engraçadinho.

— E Pulquéria?

Indaga Quequé, de súbito, com o rosto vermelho, mas ainda sorrindo. Seu Mário Vítor cruza os braços, empina os ombros pra frente.

— Bom, eu...

Quequé desfaz o embrulho todo, abre agora o papel sobre o balcão. Estica bem lisinho o papel; Quequé recomeça a embrulhar os dois quilos de farinha de milho, um, dois, dois quilos de farinha de milho.

9

— Pulquéria é um nome terrível, eu sei.
— Não é um nome **terrível**, Quequé.
— Não?!
— **Terrível**, não. É diferente. Por obséquio, Quequé, faz logo esse embrulho, você está começando tudo de novo, desse jeito vai acabar perdendo pra sempre este freguês aqui, viu? Estou até já pensando em reclamar com o seu Marcondes. Aqui neste armazém a gente mata a saudade do antigo, mas você hoje está exagerando, Quequé, está demorando demais pra fazer esse embrulho. Vou reclamar com o seu Marcondes!

Quequé continua sorrindo. Seu Mário Vítor também continua sorrindo.

10

— Se eu chamasse, digamos assim, Lídia, o senhor ia achar lindo.
— Ia mesmo.
— Mas Pulquéria é de amargar, hem?
— Que nada. Faz a gente lembrar de pulcro, pulcritude. Ou seja, beleza, formosura...
— Quase ninguém vai lembrar. Quase ninguém sabe dessa significância.

— Pulquéria, Pulquéria...
— Pulquéria Umbelina de Jesus.
— O seu nome completo é Pulquéria Umbelina de Jesus?
— É sim.
— Muito bem... Agora termina esse embrulho, por obséquio.

11

Quequé aperta apertadinho os dois pacotes de farinha de milho, de modo que o papel de embrulho se acomode de exato pra cobri-los com esmero. Quequé então embrulha bem. E lastreia fita adesiva, barbante, retoque final.
— Ficou bom assim?
Seu Mário Vítor observa o embrulho agora finalmente pronto.
— Nossa, ficou ótimo, Quequé...

12

— Se cair, não arrebenta.
— Com certeza que não... Obrigado, Quequé. Toma aqui o dinheiro, ó.
— Tudo de moeda, que bom, seu Mário Vítor. Eu que agradeço. E o senhor ainda tem troco, ó...
Seu Mário Vítor recebe o troco. E já vai sair do armazém. Mas antes se volta pra Quequé. Contempla de novo o rosto de várias rugas ao redor dos olhos. E diz:
— Pra mim, o nome Pulquéria é maravilhoso.
Quequé fica séria. Termina de guardar as moedas na gaveta. E contrapõe:
— O senhor também gosta de embrulhar, é?

Vai daí seu Mário Vítor também fica sério. Meneia a cabeça, desconcertado. Mas cria coragem:
— Uma coisa que eu não sei é embrulhar... Sou muito desajeitado pra isso. O caso é que o seu nome, Pulquéria, o seu nome é diferente, é perturbador, é atrevido. Eu adoro coisa assim.

13
Vem entrando uma menina de cabelo anelado, a menina olha pras prateleiras, olha pros dois, vai entendendo tudo, ri dos dois ali parados um diante do outro, naquela tarde de outubro, a menina ri, pisca o olho pra Quequé, a menina vai logo espocando:
— Um quilo e meio de feijão-fradinho! Só serve se for feijão-fradinho!

14
Quequé observa a menina inquieta. Sorri, agora com calma. Depois, torna a olhar pro rosto de seu Mário Vítor. Observa as rugas na testa, as rugas ao redor da boca. Seu Mário Vítor também inquieto, ali sem saber se sai agora ou se espera Quequé dizer mais alguma coisa. Quequé também inquieta, sabendo que seu Mário Vítor vai dizer mais alguma coisa, se ele não disser, ela diz, precisa dizer mais alguma coisa numa tarde de outubro.

15
A menina pisca outra vez pra Quequé:
— Estou atrapalhando?!
Seu Mário Vítor ri alto, nervoso. Mas depois se contém. Inclina-se diante do balcão e fala baixinho pra Quequé:

— Por obséquio, me responda, posso te levar pra casa hoje?

16
Fazia tanto tempo Quequé não ouvia posso te levar pra casa hoje. Muito tempo. Desde que o Lauro desmanchara o noivado, há vinte anos, o mundo era dissabor. Então Quequé cumpria a promessa de nunca mais conversar com gente nenhuma, depois da porta do armazém. Do mesmo modo, nunca mais usar pulseira, gargantilha, colar, anel, brinquinho de ouro então nem pensar, o Lauro vivia dizendo: noiva minha não usa joia, brinquinho de ouro então nem pensar, pra que chamar a atenção, brinquinho de ouro semeia o pecado, é joia que parece inocente delicadeza mas é é disfarce, ferramenta do diabo.

17
E agora seu Mário Vítor, posso te levar pra casa hoje? Cumpre a promessa, cumpre a promessa. O juramento, Quequé, pra nunca mais sofrer de amor. Jurara assim: depois da porta do armazém, nunca mais conversar com ninguém. Há vinte anos. Conserva o antigo. Há vinte anos. Cumpre a promessa.

18
A menina faz de conta que não vê mais nada; vai pro canto do armazém, começa a olhar pros pacotes de arroz, um, dois, trinta, cem pacotes de arroz.
Seu Mário Vítor espera a resposta de Quequé. Que diz, hesitante:
— Me levar pra casa hoje...
— Posso?

— Não sei...
— Tem compromisso hoje no fim da tarde?
— Acho que sim, deixa eu ver... Hoje no fim da tarde...
— Por obséquio, eu gostaria muito de conversar com você. Ando cansado de tanta solidão.

19
A menina cansa de olhar pros pacotes de arroz; já vem voltando pra perto deles.
— Um quilo e meio de feijão-fradinho, eu já disse!
Quequé responde depressa:
— Eu também ando cansada de tanta solidão.

20
A menina espera, tem que esperar. Os dois ficam se olhando, agora mudos; não tem nenhum modo nem dois modos no tresmodo dessa menina conseguir fazer com que os dois parem de olhar um pro outro agora.
Em solidão de menina, espera. Sabe que tem que esperar.

21
Até que seu Mário Vítor vai e diz emocionado:
— Então até mais tarde, Pulquéria. Até mais tarde... Vai ser difícil esperar até o fim da tarde. Eu tenho tanta coisa pra conversar com você...
A menina quer rir, mas não dá conta. Uma ruga fura o coração.

22
Quequé respira fundo, espicha os olhos castanhos, olha seu Mário Vítor sair de tudo, até desaparecer na esquina. Naquela tarde de outubro. Quequé perguntou:

— Pediu o que mesmo?!

A menina explicou, sem pressa, desafervoradinha, prendendo nos dedos a ponta de um cacho do cabelo anelado:

— Um quilo e meio de feijão-fradinho...

— Só isso?

— Só isso...

Quequé ainda permaneceu imóvel diante do balcão, com os olhos castanhos procurando lá longe lá fora a inquietude. Mas a inquietude estava ali, na frente dela:

— Vou falar pela última vez, Quequé, vê se embrulha logo este um quilo e meio de feijão-fradinho, eu não tenho tempo pra perder!

O cabelo, os dedos, toda a menina pulava. Juventude inquieta.

23

Quequé aperta os lábios, esquadrinha o teto, depois vê as prateleiras. Mas o olhar se estende pro ruído e pra claridão na rua. Velhice inquieta. Tempo pra perder, pra recuperar, a tempo de voltar a viver, ter todo o tempo do nome, ser o nome. A pele rija. A pele lassa. Entremeadas na claridão, no ruído, nas prateleiras, no teto, nos lábios. Num fim de tarde de outubro, um sol de outubro.

24

Falta um singelo pormenor. Viver inquieta? Vai daí Quequé vai e voa até a mais alta prateleira do céu organizado de estrelas, asas e silêncios de borboleta num jardim de outubro, uma noite num jardim, o brinquinho de ouro, o brinquinho de ouro em forma de cachinho de uva. O cachinho de uva de ouro, o brinquinho guardado dentro da bolsa. Aonde vai, Quequé leva. Dentro da bolsa. Numa caixinha de papelão forradinha de seda. Guardado. Esperando, esperando. A hora de conversar com uma pessoa, depois da porta do armazém. Há decerto pessoas adoráveis. Ou simples pessoas. Motivo pessoal? Depois da porta do armazém.

Depois da porta do armazém, tem outro armazém, o armazém do preço bom de experimentar diferentes iguarias de secos e molhados, secos molhados os olhos antigos novos de vida estranha igual estranha sempre.

Mesmo no chão, voa.

Por que prometera só o cisco debaixo do tanquinho na área de serviço, o bule rachado na mesa da copa, o rato morto da Rodoviária, o cuspe do homem triste na fila do hospital? Promessa mais boba. Boba, descumpre. Ainda mais nesta cidade clara, tão confusa quanto clara, de claridade de céu resplandecente.

25

Quequé resolve. Pois sim, vai voltar a conversar com as pessoas; lá fora, lá dentro, onde tiver vontade, quando bem quiser.

E agora, no após atender a menina, vai colocar o brinquinho de ouro. O antigo bonito. O brinquinho de ouro. Quequé vai colocar o brinquinho de ouro. Mas antes ajeita no pescoço o lencinho vermelho de bolinha branca, nos ombros o cabelo, sacode rápido, sorri.

Condomínio Fechado

1

Cássio espera Jorge terminar de engolir o pastel. E pergunta, com as mãos nos bolsos do blusão de malha, já começando a descer a escada rolante:

— Tem certeza, Jorge?

Também vai descendo, limpa as mãos num guardanapo.

E no último degrau:

— Claro que tenho certeza, Cássio.

2

Agora os dois amigos se sentam num banco da Rodoviária. Ficam olhando os engraxates. Jorge cruza os braços, cerimonioso.

— Os engraxates... Ô Cássio, parece que eles são de outro planeta.

— Vai ver são mesmo.

Cássio se encolhe, com as mãos nos bolsos do blusão de malha. Faz frio. Na Rodoviária sempre faz frio. Um dos engraxates começa a cantar.

A voz bonita: *quando a gente tenta, de toda maneira, dele se guardar, sentimento ilhado, morto, amordaçado, volta a incomodar...** O cheiro de chocolate, de café, de caldo de cana, de suor, de urina, de pastel. As muitas vozes. E a fumaça dos ônibus. Uma mulher andando elegante.

— Sabe, Jorge, eu estou adorando a experiência.

— Eu também. A começar pela mentira que a gente inventa pro motorista.

— Ele pensa que a gente está vendo um filme no Conjunto Nacional.

— A gente está vendo um filme. Mas aqui, na febre alta, na dor de ouvido.

Cássio esfrega as mãos uma na outra. Do engraxate que canta observa o rosto. E fala, mordendo o lábio inferior:

— Vontade de conversar com ele... Como seria?!

E Jorge absorto, fitando a Esplanada dos Ministérios:

— Lembrei da Carol. Aliás, tenho pensado muito na Carol...

— Vocês terminaram sem conversar direito, não foi?

— Esse é o ponto. Ficou faltando uma boa conversa.

— Ela está em Paris.

— Só volta no fim do ano...
— Escreve uma carta.
— Queria o olho no olho, saca?
— Enquanto isso não é possível, manda uma carta pra ela, vai preparando o terreno pra quando ela voltar.
— Uma carta...
Quando a gente tenta, de toda maneira, dele se guardar, sentimento ilhado, morto, amordaçado, volta a incomodar...*
— Uma carta. Gostei da ideia.

3

Cássio torna a enfiar as mãos nos bolsos do blusão de malha:
— Um dia a gente cria coragem e conversa com o engraxate cantor... Vai ser o bicho. Já pensou o que a gente pode ouvir?!
— Coisas de outro planeta.
— Tipo eu adoro goiabada com queijo...
— Eu tenho doze irmãos.
— Meu pai vive desempregado.
— Minha mãe? Acho que já morreu, sei lá.
— A gente mora no Recanto das Emas... Nome poético, não acha?
— Meu pai me bate, mas só quando bebe. Na maior parte do tempo eu adoro o meu pai.
— Porque ele conversa comigo.
— Conversa muito comigo, sobre qualquer assunto. O meu pai adora conversar comigo.
Sentimento ilhado, morto, amordaçado, volta a incomodar...*
Cássio respira fundo. Em silêncio de pilares, de laje escura, cimento trincado.

4

E volta a incomodar, quando a gente tenta de toda maneira, sentimento ilhado, morto, amordaçado, houve um tempo em que as coisas eram as melhores coisas, no entanto por um instante tudo o que se quer é de um tempo se guardar; seria por afronta de covardia? Jorge tenta sorrir, firmando o olhar nos olhos de águia do engraxate:

— Tem uma voz bonita o infeliz.
— Vai ver sonha ser um cantor famoso.
— Pode vir a ser. Tudo é possível.
— Um menino desses virar cantor famoso, Jorge? Ô *véio*, não viaja...
— Viu? Roubou a carteira do cara que estava engraxando com ele... Que rápido que ele foi, Nossa... O carinha não percebeu nada.
— Eu também não percebi nada.

Começa a ventar. Dois homens de terno e gravata vão andando lentamente, pasta e guarda-chuva na mão.

5

Jorge:

— Estou sozinho numa rua. Deitado no chão. Faz muito frio. Então eu escuto barulho de pratos e talheres, o barulho vem duma casa onde não posso entrar. Mas o barulho de pratos, de talheres, me faz levantar do chão e sorrir. Me dá uma doçura... Continuo ouvindo pratos e talheres. Mas não posso entrar na casa. E estou com fome. E o barulho de pratos e talheres é a banda que toca pra mim. O que acontece depois é horrível. Mas eu continuo com uma doçura... Existe maior prova de que ainda gosto das pessoas?

Cássio sério, mordendo o lábio inferior.

6
— No próximo sábado a gente vai ver o quê, hem, Cássio?
— Estou pensando nas balconistas de butique. Acho muito engraçada a história de esta blusinha veste superbem, e olha aquele vestido, veste superbem, aquela camiseta, todo mundo está usando, veste superbem, tudo veste superbem.
— Boa ideia. As balconistas de butique... Supercombinado.

7
— Beleza a gente sair daquele condomínio, pelo menos uma vez por semana, sem ser pra ir pro colégio... A gente sai e engana o motorista, o Célio... Acha o Célio meio otário, Jorge?
— Nada disso. O caso é que o Célio confia em mim. E, por tabela, confia no meu melhor amigo também.
— Ainda bem...
— Ainda bem mesmo. Não fosse a mentira de todo sábado, eu já estaria louco.

8
— Por que o Célio confia tanto em você?
— Vai ver eu tenho cara de honesto.

9
Meia hora depois. Começa a escurecer. E Cássio se levanta, batendo no ombro do amigo:
— Vamos subir? O Célio já deve estar esperando a gente lá em frente o Conjunto Nacional.
Os olhos de Jorge procuram o engraxate cantor:
— Desapareceu sem mais nem menos... Eu não vi quando ele sumiu... Você viu?!
— Não vi... Esses meninos são rápidos em tudo.

10

Na entrada do Conjunto Nacional. Esperam o motorista.

— Primeira vez que o Célio se atrasa, hem?

Comenta Jorge, levando o cabelo todo pra trás, com as duas mãos. E Cássio outra vez mordendo o lábio inferior:

— Hoje é sábado. O trânsito não costuma ser muito complicado no sábado... O que será que houve?!

— Não tenho a mínima ideia.

— E se a gente ficar toda a vida aqui esperando, tipo até mais de meia-noite... Ficaria morrendo de medo?

— Vai rir da sua avó. O neurótico inseguro é você.

— Eu neurótico inseguro.

— E não é? Só dorme com a luz acesa. Não entra em elevador sozinho. Tem pânico de engarrafamento...

— Está bem, está bem. Acrescenta aí: só viaja de avião se tomar remédio pra apagar e não ver nada.

Os dois riem bastante. Cássio, um tanto nervoso. Jorge outra vez puxa o cabelo todo pra trás, com as duas mãos.

11

Cássio:

— Mais de uma hora de atraso... Só pode ter acontecido coisa grave.

Os dois amigos se olham, inquiridores. E Jorge taxativo:

— Não vamos ligar os nossos celulares. A gente combinou que ia deixar os celulares desligados até o último minuto.

— Mas... Ô *véio*, pode ter acontecido coisa realmente grave!

— Melhor ainda. Prefere com ou sem emoção?!

— Mas...
— Permanece o combinado, viu, Cássio?

12
— Podemos pegar um táxi... Um táxi, Jorge...
— Permanece o combinado.

13
Trovões. Relâmpagos. E Cássio:
— A minha mãe está em São Paulo, todo fim de semana ela vai pra São Paulo... Vai ver arranjou um namorado lá. Não vai nem se lembrar de mim.
Jorge:
— Beleza, hem? No meu caso, quando o Célio me traz prum lugar, o meu pai relaxa, delega a responsabilidade pro outro, se livra de ter que se preocupar comigo... E decerto finge que está tudo sob controle. Aliás, o meu pai vive repetindo está tudo sob controle. E eu nem ao menos vesti um casaco hoje.
— *Véio*, nós dois estamos correndo risco de vida!
— O lógico seria dizer risco de morte, não é mesmo? Ou risco de vida explica melhor a nossa situação...?
— Com os celulares desligados, com o motorista bem longe daqui, com os marginais e os bêbados cada vez mais próximos, nós perdemos o controle de tudo.
— Não é massa? É um luxo, carinha.

14
Começa a chover. Chuva de vento. Jorge contrai o rosto, tremendo de frio. Observa os pingos fortes. Depois, vê um cachorro. Que no meio-fio come resto de pão com salsicha. Então Jorge presta atenção no cachorro. No pelo, nas patas, nas orelhas imundas.

15

Vento de chuva. Continua forte.
— Pois é, Cássio. Naquele dia na casa da Marcinha Leonor, era o meu pai, sim, tenho certeza. Era o meu pai que estava lá, organizando tudo. O meu pai, aquele parlamentar nem um pouquinho confiável. Eu entrei na sala da Marcinha Leonor, sem avisar, fui entrando distraído, você sabe como eu sou distraído.
— Sempre aí viajando no seu submundo interior...
— Não teve outro jeito. Eu acabei vendo tudo. E era o meu pai que estava comandando.
— Você disse que o líder da tramoia estava de costas.
— Eu conheço o meu pai! Mesmo de costas, eu reconheço ele!

16

Sentimento ilhado, morto, amordaçado, quando a gente tenta de toda maneira, um tempo é o tempo de qualquer coisa, então vai e para de chover. E o motorista não chega. E já é muito tarde. Luzes escorrem nos prédios, nos postes, nas ruas. Grupos de pessoas, acabaram de ver uma peça no Teatro Nacional, aproximam-se dos carros.

Três rapazes vêm vindo da Rodoviária, disfarçam os passos, impedem que duas moças entrem no carro, um dia vestido de saudade viva, sentimento ilhado, morto, amordaçado, os rapazes apontam armas. E acertam exigências.

Cássio sentado no chão, com as pernas dobradas, com as mãos nos bolsos do blusão de malha:
— Aquelas moças...
— Todo mundo sempre correndo risco de morte! Me bateu uma saudade da Carol... Ela também pode estar correndo risco de morte, neste exato momento, assim como você e eu, aquelas moças lá...

— Você está com uma cara estranha...
— Que fera esse risco de vida que corre em minhas veias!

Jorge também sentado no chão, com os braços enlaçando os joelhos. Aos poucos, os olhos se fixam no cachorro. Sentimento igual, de toda maneira, há sempre um tempo de todas as coisas. E o resto de pão com salsicha acabou. Mas Jorge não se afasta do meio-fio. Levanta as orelhas, começa a farejar. Procura mais restos de comida.

* "Revelação", Música de Clodo e Clésio

Expulso de Casa

1

— Já fiz as suas malas. Não disse que ia embora? Pois adiantei o serviço pra você. Fiz as suas malas. E já vai tarde, viu?

Desse jeitinho que o Ernesto falou, com os braços cruzados. E espetou em mim os olhos agudos.

2

Impossível aquilo. O Ernesto. As malas. Tudo pronto, só faltando eu ir embora.

— Mas...

Fiquei dizendo mas durante muito tempo, mas Ernesto, mas, espera aí, Ernesto, mas, mas, mas o Ernesto nem tium.

O Ernesto, impossível. O Ernesto, impassível.

3

— Vê se dá um rumo na sua vida.
Ainda disse, com uma voz seca.
Respirei devagar. E argumentei:
— Mas Ernesto...
Ele pernóstico, estatuado na minha frente:
— Cansei de pajear irmãozinho mais novo. Cansei de ouvir reclamação de irmãozinho chorão que me chama de irmão desnaturado todo santo dia. Sou irmão desnaturado, não sou? Pois vou cuidar de mim agora, agora que já tenho vinte anos.
Eu só quinze, que posso fazer?

4

Posso puxar os braços dele. E suplicar:
— Eu sou o seu único irmão.
Posso até rezar uma ladainha:
— A gente é sozinho. A gente não tem pai nem mãe.
O Ernesto vai tremer e bambear as pernas e sacudir a cabeça e engolir um soluço?
Espero um instante. Procuro no rosto sisudo o carrinho de boi, o alicate velho, a enciumada coleção de tampinhas de garrafa. Mas o Ernesto:
— Já fiz as suas malas.
E entrou, trancou a porta; fiquei encalacrado na varanda, de quinze anos passei a ter apenas cinco, ô Ernesto, Ernesto, ô Ernesto, danei a chorar esgoelado.

5

Chorou o resto da tarde, aos poucos tratou de chorar mais discretamente, tinha gente passando pela calçada úmida, era dezembro, chovera muito de manhã. Então olhou pras duas malas colocadas a um canto da varanda, recostadas no vaso de antúrios. Limpou o restinho de lágrima. Soltou o ar com força, duas vezes.

Aproximou-se das malas. Uma em cada mão susteve. E saiu da varanda.

6

Vontade de sair de cabeça erguida, acho maior show de bola sair de cabeça erguida, mas saí de cabeça baixa mesmo. Ainda imaginei o Ernesto correndo atrás de mim e me alcançando na Rodoviária, dois minutos antes de eu entregar o bilhete de passagem pro motorista do ônibus que vai pra Padre Bernardo.

Quem mandou eu dizer: um dia eu vou embora, eu sempre quis morar em Padre Bernardo. Agora vou ter que morar em Padre Bernardo, com o tio Joaquim. Expulso de casa pelo meu irmão, o meu único irmão, ô desalmência desse irmão.

7

Sei que dou trabalho. Por exemplo, de quando em vez, exatamente na hora em que o Ernesto e a Ângela esquecem do mundo de tanto que se esfregam e gemem na cozinha, eu vou e trato de colocar sal de Glauber na xícara de leite com canela que o Ernesto acabou de preparar pra Ângela. Aprecio muito sal de Glauber na xícara de leite com canela da Ângela. Com canela da Ângela? Eta lasca. A Ângela é que não aprecia. Mas o Ernesto devia ter paciência, irmão mais velho sempre devia ter paciência. Mas não tem. Tanto que expulsa de casa o único irmão, de quinze anos apenas, ô diacho de irmão desnaturado.

8

O Ernesto não correu atrás de mim, não me alcançou na Rodoviária, dois minutos antes de eu entregar o bilhete de passagem pro motorista do ônibus que vai pra Padre Bernardo.

E o motorista me olhou, distraído, podia implicar com história de idade, perguntar enquanto coçava o nariz: ô rapazinho, você tem autorização pra viajar sozinho, tem? Mas o motorista apenas me olhou, distraído, lá se foi a última esperança de não poder ir embora, não morar em Padre Bernardo.

9

Morar em Padre Bernardo. Eu nunca nem quis. Mas posso morar, tem importância não. O tio Joaquim eu não conheço direito. Pode até ser que não queira me receber, vai ver é um tio sovina, tudo é possível neste mundo de gente desnaturada. Terminar de me criar, vai ver nunca passou pela cabeça dele essa história de terminar de me criar.

10

Entrego o bilhete de nascimento e a certidão de passagem pro motorista, eu todo estabanado, tropeço no primeiro degrau da escadinha de ferro, o motorista raspa a garganta, caçoa de mim.

O Ernesto não vai aparecer, tira o cavalinho da chuva, quem pensou em remorso errou feio.

Subo a escadinha, entro no ônibus. Procuro a poltrona de número dezesseis, vou fazer dezesseis amanhã, o Ernesto me expulsou de casa bem na véspera de eu completar dezesseis, ó ironia do destino, ó vida, ó azar, lembrei daquele desenho da televisão, o personagem vivia repetindo ó vida, ó azar, mas pensando bem, gente fina, eu sou muito diferente, eu digo ó vida, ó aventura. E eu nunca vou terminar de me criar, não é joia?

11
Senta-se na poltrona, depois de colocar as malas no bagageiro; apenas duas malas, pequenas, couberam muito bem no bagageiro de dentro do ônibus. Agora sorri. Dezesseis, amanhã. Com dezesseis, já vai poder tudo. Até chorar alto, se eu quiser, esquecido no quarto frio, eu completamente abandonado num quarto frio, vai ser emocionante o tio Joaquim me alojar num quarto frio, vou poder escrever assim pro Ernesto: Ernesto, o seu único irmão hoje em dia definha num quarto onde nunca bate sol, o tio Joaquim só oferece uma refeição por dia, sempre um angu com couve, ô tio desnaturado.

12
Continua sorrindo.
O ônibus começa a andar por uma rua larga e movimentada, uma rua estranha, perigosa, uma rua louca de uma cidade que não o compreende.
Nenhuma cidade me compreende, um dia eu vou dizer. Ainda que eu faça dezesseis mais cinco vezes.
Vira o rosto. Mantém o sorriso. Confere a carteira com o pouco dinheiro no bolso esquerdo do surrado blusão de couro marrom. E olha pro companheiro de viagem.

O companheiro de viagem, um velho, boné de aposentado, nariz grande, boca sisuda, olhos malévolos. Será que vira lobisomem, na primeira sexta-feira de agosto?

Deve ser irado conversar com um cara que tem tudo pra virar lobisomem.

— O senhor... mora em Padre Bernardo?
— Faz dez anos.
— Eu tenho um tio que mora lá.
— Vai visitar ele?
— Estou indo pra morar com ele...
— Meus pêsames. Padre Bernardo é triste.
— Tem pouco movimento, eu sei.
— Aqui em Taguatinga as oportunidades são maiores.
— Eu sei...

13

O ônibus corre. Quase bate num caminhão. Esse motorista é doido?

— Foi você que decidiu a mudança?
— Foi o meu irmão. Ele me expulsou de casa.
— Você fala isso com uma naturalidade...
— O Ernesto, o meu irmão, ele me expulsou de casa pra me dar um susto, pra me fazer pensar, eu estava dando muito trabalho, saca? Eu preciso dar um rumo na minha vida.
— Não está com medo?!
— Estou morrendo de medo...
— E ainda assim conserva o bom humor?
— O meu irmão me expulsou de casa. Mas eu não me expulsei de mim.

14

O motorista criou juízo? O ônibus vai andando menos veloz.

— Tem umas coisas maneiras que eu quero fazer na vida. E sei que posso fazer essas coisas em qualquer lugar do mundo. Mesmo que esteja morrendo de saudade...

— Tem quantos anos?
— Vou completar dezesseis amanhã.
— Meus parabéns...
— Obrigado. Como é o nome do senhor?
— Lourenço. E o seu?
— Humberto.
— Boa viagem, Humberto.
— Pro senhor também.

15

Uma menina magrelinha anda pra lá pra cá no meio do ônibus. A mãe: vem sentar, Jaciara, quieta esse facho, parece elétrica, Sagrado Coração de Jesus.
— Muito bem, Humberto... Quer dizer que tem umas coisas que você quer fazer na vida... Que coisas serão essas...?
— Uma delas é ser o melhor de mim, a minha parte mais show de bola. A parte que pode fazer a diferença, que pode até colaborar pra mudar esse mundo.
— Ambicioso, hem? Caramba...
— Não quero deixar por menos.
— Estou ao lado de um filósofo? De um artista?
— O senhor tem quantos anos? Falta de educação perguntar?
— Eu não me importo. Setenta e oito, sabe?
— Ainda quer mudar o mundo...?
— Quem sou eu, meu rapaz, e o mundo, ah *mundo mundo vasto mundo, se eu me chamasse Raimundo seria uma rima, não seria uma solução**, o mundo vai ser sempre esse despautério, essa injustiça, essa falta de humanidade.

— Eu quero continuar confiando que o mundo pode ser diferente. *Mundo mundo vasto mundo, mais vasto é o meu coração**.

— Você também lê Drummond... Caramba!

— E o Ernesto que se cuide, não se livrou de mim pra sempre! Pelo menos de quinze em quinze dias, vou visitar ele, eu adoro aquele meu irmão desnaturado.

— Beleza esse seu jeito. Parece que vê tudo com esperança e não guarda rancor. Quanto a mim, faz tempo eu não sei o que é entusiasmo... Já tirei o time de campo.

— Chama o time pra uma reunião urgente. Muda de tática. E depois reinicia o jogo!

O ônibus vai parando, bem devagar. Vai entrar mais alguém. E uma chuva fininha começa a cair.

O senhor Lourenço respira fundo, olhando a chuva. Humberto fecha os olhos.

A menina magrelinha não para de andar pra lá pra cá no meio do ônibus.

16

Agora Humberto e o senhor Lourenço se calam. Vão tirar um cochilo.

Mas os pensamentos não se calam. E o ônibus de viver carrega todos eles. Vê se dá um rumo na sua vida. Com quase oitenta anos, eu ainda posso...?! Eu já estou bom é de morrer, isso sim. Sou irmão desnaturado, não sou? Pois vou cuidar de mim agora, agora que já tenho vinte anos. Eu só quinze, que posso fazer? Posso voltar a ter cinco. Ou nada. E posso ter dezesseis, amanhã. E depois de depois de amanhã, mais duas vezes dezesseis, quem sabe?

Quem sou eu. Eu sou todas as possibilidades de também virar lobisomem, viver é misterioso, não é por me gabar não, viu, mas posso seguir o rumo da trêmula e clara alegria.

17

Ainda falta uma meia hora pra Padre Bernardo. Parou de chover. Parou de andar pra lá pra cá no meio do ônibus a menina magrelinha?

Faz muito calor. O senhor Lourenço ajeita o boné. E diz, pedindo socorro:

— Quando vejo a miséria, o desrespeito aos direitos humanos, a falta de dignidade... Eu fico deprimido, meu rapaz, eu entrego os pontos.

O nosso Humberto passa o dedo nos olhos, tira o resto de sono. E joga a boia, a corda, a tábua, os suprimentos e a munição:

— Sabe, seu Lourenço, uma alegria básica faz a gente não desistir nunca, ensina a gente a ligar a resistência. A gente não para de sonhar, saca? Esse é o canal.

A mãe da menina magrelinha descansa, lembra do vestido estampadinho de verde e bonina, de alcinha, com um cintinho todo batido de ilhós; o Alceu adora quando eu ponho esse vestido, a mãe lembra, descansa, com a filha dormindo no colo.

* Carlos Drummond de Andrade, "Poema de sete faces", *Antologia poética*.

Guia Prático para Pirar com os Jovens

1

Domingo pela manhã, ó Santa Catarina protetora dos estudantes, não nos perguntem se temos matéria para estudar, ou se já escovamos os dentes, à guisa de bom dia.

Se realmente quiserem que tenhamos um bom dia, não nos dirijam a palavra pela manhã. Pela manhã, principalmente no domingo, todo jovem precisa ficar sozinho, amarfanhado, estudando as suas angústias.

2

Qualquer dia do mês, na hora da faxina, não inventem de pedir colaboração. Nada de discurso sobre companheirismo, cada um faz um pouco, todos têm direitos e deveres, pelo menos por questão de higiene, ai, desliguem essa música.

Jovem odeia pagação de sapo, olha, a gente precisa ter uma conversinha, Deus nos livre de sermão.

3

Na noite em que convidamos a galera para ouvir um som maneiro no nosso ninho de gato, nem pensem em chegar perto, perguntar o nome da mãe, oferecer lanchinho, forçar amizade com a galera é o maior mico.

Todo jovem quer a sua tribo protegida das neuroses e da imensa falta de desconfiômetro dos adultos.

4

Tem dia, queremos conversar.

Assim sem mais nem menos, nem choveu nem nada, nem vai ter futebol nem nada, mas a gente cisma de querer conversar.

Num dia como esse, tratem de nos ouvir.

E falamos e falamos.

E vocês nos ouvem, balançam a cabeça confirmando tudo, não se atrevem a dar nenhuma opinião.

Bem assim gostamos de conversar.

5

Não temos dinheiro para nada.

Na maior parte das vezes, vocês também não.

A má distribuição de renda escolhe todos os excluídos, mas isso não nos interessa, exigimos o nosso para a pipoca e o cinema.

Acham que é só pôr filho no mundo e pronto?

Ajoelhou, tem que rezar, deixem de pintar o cabelo, nunca mais usem sabonete, parem de viver a vida de vocês, seus velhos de guerra.

6

Quando brigamos com o nosso amor, viramos bichos do mato.

Armamos uma tromba. Temos vontade de pisar em vocês.

Foram vocês que não nos ensinaram a ganhar uma menina.

Ou deixar um carinha vidrado em nós.

Vocês não nos ensinaram a ser apaixonantes o tempo todo.

A gente vai e pisa no tomate.

E ainda querem nos consolar?

Negativo, saiam fora, estamos sem gás para brigar com o resto do mundo, somos jovens de paz, só carecemos de morrer de saudade do nosso amor.

7

Às vezes, alguém da galera entra numa roubada.

Tipo mexer com drogas, beber água que passarinho não bebe ou fumar baseado em aflição.

Esse alguém pode estar longe. Ou ser o filho ou a filha de vocês, sacam?

Num caso assim, não sabemos o que fazer.

Não sabemos nem o que dizer.

E fica tudo por isso mesmo? E tchau e bença?

8
Se estamos estudando para o vestibular, não nos lembrem disso, não insistam numa tal de organização do horário.

Não nos sirvam leite quente com biscoitos.

Não guardem nossos sapatos esquecidos no sofá.

Não nos poupem de saber que a concorrência aumentou.

Precisamos de toda a indisciplina dos sofrimentos.

Somos jovens, somos dramáticos.

9
Sempre que nos sentirmos feios, desajeitados e tortos, não digam que isso é bobagem, que estamos exagerando, que é a tal fase de crescimento, que somos lindos de qualquer jeito, ou que o importante não é o visual; dizer para a moçada que o importante não é o visual é simplesmente não entender patavina, neca de catibiriba seca, lhufas da moçada.

10
E por sermos tão contraditórios, às vezes ficamos sem tomar banho.

E achamos fera o nosso cabelo todo bagunçado, sem pentear direito.

Nosso guarda-roupa todo desarrumado também é dez, *véio*, que irado, dá assim um ar de rebeldia, um clima de jovem guarda, uma herança de vocês, uma vontade de sair cantando estou amando loucamente a namoradinha de um amigo meu e que tudo o mais vá pro inferno.

11

Se temos medo, não nos agasalhem com um livro de poesia.
Deixem que mergulhemos na mais profunda síndrome do pânico.
Até que nos percamos nos labirintos da solidão.
Somos jovens, somos solitários.

12

Tem dia, fazemos greve de fome.
Não ofereçam um pratinho de arroz-doce respingadinho de canela, por favor.
Um doce de mamão com coco, nem vem.
Cajuzinho e brigadeiro, desapareçam com essas coisas de mãe maravilhosa.
A nossa pizza preferida? Vivemos muito bem sem um agrado do paizão.
Preferimos que façam greve de fome também, que sejam solidários ao nosso martírio.
Somos jovens, somos enfáticos.

13

Tem dia, fazemos manifestação.
Precisamos dos nossos direitos respeitados, elaboramos uma pauta, distribuímos panfletos, gritamos impávidos nas ruas.
Se quiserem, carreguem faixas e bandeiras.
Podem até entoar os mesmos hinos.
Mas não nos digam que estamos certos, que podemos contar com o apoio de vocês, que vocês também tiveram os mesmos sonhos, que até as nossas gírias se misturam, que a nossa geração só é diferente nisso ou

naquilo. Exigimos a ilusão de que a vida, A Vida Mesmo, começa agora.

14
Tem hora, o mundo parece que não tem jeito.

Muitos de nós não estudam, nós na garganta, sem voz para a sagrada aventura, não leem nem *obrigado pela preferência* em saquinho de padaria, não frequentam teatro, vivem com o nariz escorrendo, só aprenderam a se safar da polícia.

Não sejam hipócritas.

Estamos carecas de saber que o mundo insiste em ser assim.

Um precipício de almas desalmadas.

É tão fácil despencar na resignação.

Muito mais difícil voar, buscar comida, repartir a comida e a imaginação, criar asas de viver as mais belas histórias de fraternidade humana.

15
Muitas meninas se prostituem.

Muitos caras matam pelo viver de matar.

Não venham tecer comentários tapetes de outros caminhos.

Somos jovens, somos drásticos.

16
Às vezes, cantamos bem alto.

Uma canção esquisita, com as nossas vozes alucinadas.

O ritmo é o rap-raiva, é o rap-violência, o rap-egoísmo e o rap-preconceito.

17
Somos da sarjeta. Somos do condomínio fechado. Somos filhos de ninguém e somos filhinhos de papai, não importa, é sempre a mesma crise existencial.
E vocês pretendem nos entender?!

18
E para terminar, comecem a fazer alguma coisa. Nós também queremos fazer alguma coisa. Alguma coisa bonita. Porque pensamos que gente é matéria de delicadeza. Somos jovens de paz. A nossa paz é uma riqueza ainda principiante? Ainda fingimos que somos lunáticos, que não queremos mudar esse mundo, mas só pensamos em mudar. Somos terráqueos. E queremos uma terra nova, uma outra humanidade, uma atitude de gente.

19
Para recomeçar, assim como quem não quer nada, falamos uma coisa e dizemos outra, com segundas intenções.
Com limites e deslimites.
Com coragens e mudanças.
Tudo para reinventar a vida.
Entendemos de fazer um clima.
Somos jovens, somos poéticos.

Quando começo um livro, não sei nada sobre o que vai acontecer. Brinco com as palavras, lanço frases que me vêm à cabeça... De súbito, uma frase ou uma única palavra cria uma emoção perturbadora. Essa emoção traz outras surpresas e eu me deixo levar... Escrever é uma aventura, uma viagem num trem escuro, uma angústia gostosa. Nos contos deste livro as personagens surgiram aos poucos; ora falando de medos, preconceitos, inseguranças, conflitos existenciais, injustiças sociais; ora falando de sonhos, esperanças, liberdade e paixão pela vida. Tudo isso em meio ao trabalho com a linguagem: os delírios, os estudos, a busca infinita de uma poética. E assim convivi, meses e meses, com o bom humor do Humberto, com a mania de detalhe do Alessandro, com a inveja do Décio, com a autoestima da Ana Sol, com a coragem da Quequé... Essas personagens grudaram em mim, passaram a tomar café comigo, volta e meia me dão dicas interessantes.

Quando me veio o título *Matéria de delicadeza*, por um certo tempo tive medo de que não atraísse o público juvenil, em especial os rapazes. O tempo foi passando e o título se firmou. Um escritor não pode se render ao medo; com medo ninguém consegue escrever, como diria a Clarice Lispector. E quem falou que os rapazes não gostam de delicadeza? Não podemos alimentar preconceitos, de jeito nenhum. A vida é matéria de delicadeza. Com delicadeza, podemos reinventar o mundo. Podemos nos tornar mais críticos, mais afetuosos, mais livres, mais sonhadores, mais dignos, mais cidadãos.

Já publiquei 22 livros. Agora, eis a hora de curtir *Matéria de delicadeza*, a minha estreia na Saraiva. O que eu espero então?! Ora, eu espero encantar. Provocar mais perguntas e emoções. Incentivar o gosto pela magia das palavras. Estimular os jovens a ler Carlos Drummond, Manuel Bandeira, Cecília Meireles e Adélia Prado, entre outros autores da literatura brasileira. Atiçar o entusiasmo, a dignidade humana. Vai ver eu sou parecida com a Ana Elisa do conto "Território livre". Gosto de sonhar alto.

Que o encantamento de ler e escrever nos una para sempre. Com certeza, saberemos ler melhor o mundo e, principalmente, saberemos escrever melhor as nossas vidas.

Stela Maris Rezende

Sobre o ilustrador:

Nasci em Indaiatuba, interior de São Paulo, em 1961.

Sempre me interessei por desenhos; portanto nunca tive a menor dúvida em relação ao trabalho que gostaria de exercer. Comecei bem cedo, aos 16 anos. Estagiei e trabalhei com Maurício de Souza por dois anos. Depois passei uns dez anos atuando como ilustradora em agências de publicidade. Quando resolvi trabalhar sozinha, tive a oportunidade de ampliar meu campo de atuação, trabalhando não só para o mercado editorial, como também para agências de *design* de embalagens.

COLEÇÃO JABUTI

- 4 Ases & 1 Curinga
- Adeus, escola ▼◆▣☒
- Amazônia
- Anjos do mar – O tesouro da Ilha dos Golfinhos
- Aprendendo a viver ◆⌘■
- Artista na ponte num dia de chuva e neblina, O ✱★ ✦
- Aventura alucinante
- Aventura na França
- Awankana, o segredo da múmia inca ✎☆✦
- Baleias não dizem adeus ✱▯✦○
- Bilhetinhos✪
- Blog da Marina, O ✦✎
- Boa de garfo e outros contos ◆✎⌘✦
- Botão grená, O ▼✎
- Braçoabraço▼
- Caderno de segredos ▢◉✎▯✦○
- Carrego no peito
- Carta do pirata francês, A ✎
- Casa de Hans Kunst, A
- Cavaleiro das palavras, O ★
- Cérbero, o navio do inferno ▯☑✦
- Charadas para qualquer Sherlock
- Chico, Edu e o nono ano
- Clube dos Leitores de Histórias Tristes ✎
- Com o coração do outro lado do mundo ■
- Contos caipiras
- Da costa do ouro ▲✦○
- Da matéria dos sonhos ▯☑✦
- De Paris, com amor ▢◉★▯⌘☒✦
- Debaixo da ingazeira da praça
- Delicadezas do espanto ✪
- Desafio nas missões
- Desafios do rebelde, Os
- Desprezados F. C.
- Deusa da minha rua, A ▯✦○
- Dúvidas, segredos e descobertas
- É tudo mentira
- Enigma dos chimpanzés, O
- Enquanto meu amor não vem ●✎✦
- Espelho maldito ▼✎⌘
- Estranho doutor Pimenta, O
- Eu, bruxa ✪
- Face oculta, A

- Fantasmas ✦
- Fantasmas da rua do Canto, Os ✎
- Firme como bóia ▼✦○
- Florestania – a cidadania dos povos da floresta ✎
- Furo de reportagem ▢✪◉▯✦
- Futuro feito a mão
- Goleiro Leleta, O ▲
- Guerra das sabidas contra os atletas vagais, A ✎
- Hipergame ▯
- História de Lalo, A ■ ⌘
- Histórias do mundo que se foi ▲✎✪
- Homem que não teimava, O ◉▢✪▯✦
- Ilhados
- Ingênuo? Nem tanto...
- Jeitão da turma, O ✎○
- Leão da noite estrelada, O ●▯☺✈▯✎◉☑○✦
- Lelé da Cuca, detetive especial ☑✪
- Lia e o sétimo ano ✎■
- Liberdade virtual ✎
- Lobo, lobão, lobisomem
- Luana Carranca
- Machado e Juca †▼●☞☑✦
- Mariana e o lobo Mall ▯✦
- Márika e o oitavo ano ■
- Marília, mar e ilha ✎
- Mataram nosso zagueiro
- Matéria de delicadeza ✎☞✦
- Melhores dias virão
- Menino e o mar, O ✎
- Miguel e o sexto ano ✎
- Minha querida filhinha
- Mistério de Ícaro, O ✪
- Mistério mora ao lado, O ▼✪
- Mochila, A
- Motorista que contava assustadoras histórias de amor, O ▼●✦
- Muito além da imaginação
- Na mesma sintonia ✦■
- Na trilha do mamute ■✎☞✦
- Não se esqueçam da rosa ♠✦
- Nos passos da dança
- Oh, Coração!

- Passado nas mãos de Sandra, O ▼◉✦○
- Perseguição
- Porta a porta ■▯▢◉✎⌘✦
- Porta do meu coração, A ◆
- Primavera pop! ✪▯
- Primeiro amor
- Que tal passar um ano num país estrangeiro?
- Quero ser belo ☑
- Redes solidárias ◉▲▢✎✦
- Riso da morte, O
- romeu@julieta.com.br ▯✦⌘✦
- Rua 46 †▢◉⌘✦
- Sabor de vitória ✦○
- Saci à solta
- Sardenta ☞▯☑✦
- Se ele vier... ▲
- Segredo de Estado ■☞
- Sendo o que se é
- Sete casos do detetive Xulé ■
- Só entre nós – Abelardo e Heloísa ✦■
- Só não venha de calça branca
- Sofia e outros contos
- Sol é testemunha, O
- Sótão da múmia, O ✪⌘
- Surpresas da vida
- Táli ☺
- Tanto faz
- Tenemit, a flor de lótus
- Tigre na caverna, O
- Triângulo de fogo
- Um balão caindo perto de nós
- Um dia de matar! ●
- Um e-mail em vermelho
- Um sopro de esperança
- Um trem para outro (?) mundo ✖
- Uma janela para o crime
- Uma trama perfeita
- Vampíria
- Vera Lúcia, verdade e luz ▢◆◉✦
- Viva a poesia viva ●▢◉✎▯✦○
- Viver melhor ▢◉✦
- Vô, cadê você?
- Yakima, o menino-onça ✎▯○
- Zero a zero

- ★ Prêmio Altamente Recomendável da FNLIJ
- ☆ Prêmio Jabuti
- ✱ Prêmio "João-de-Barro" (MG)
- ▲ Prêmio Adolfo Aizen - UBE
- ✎ Premiado na Bienal Nestlé de Literatura Brasileira
- ☞ Premiado na França e na Espanha
- ☺ Finalista do Prêmio Jabuti
- ✦ Recomendado pela FNLIJ
- ✖ Fundo Municipal de Educação - Petrópolis/RJ
- ✪ Fundação Luís Eduardo Magalhães
- ● CONAE-SP
- ✦ Salão Capixaba-ES

- ▼ Secretaria Municipal de Educação (RJ)
- ■ Departamento de Bibliotecas Infanto-juvenis da Secretaria Municipal da Cultura de São Paulo
- ◆ Programa Uma Biblioteca em cada Município
- ▢ Programa Cantinho de Leitura (GO)
- ♠ Secretaria de Educação de MG/supletivo de Educação de Jovens e Adultos - Ensino Fundamental
- ☞ Acervo Básico da FNLIJ
- ✈ Selecionado pela FNLIJ para a Feira de Bolonha/96
- ✎ Programa Nacional do Livro Didático

- ▯ Programa Bibliotecas Escolares (MG)
- ⌒ Programa Nacional de Salas de Leitura
- ▤ Programa Cantinho de Leitura (MG)
- ◉ Programa de Bibliotecas das Escolas Estaduais (GO)
- † Programa Biblioteca do Ensino Médio (PR)
- ⌘ Secretaria Municipal de Educação de São Paulo
- ☒ Programa "Fome de Saber", da Faap (SP)
- ▱ Secretaria de Educação e Cultura da Bahia
- ☑ Prefeitura de Santana do Parnaíba (SP)
- ○ Secretaria de Educação e Cultura de Vitória